JN040365

狂女たちの舞踏会

LE BAL
DES FOLLES
VICTORIA MAS

ヴィクトリア・マス
永田千奈 訳

早川書房

狂女たちの舞踏会

LE BAL DES FOLLES
by
Victoria Mas

Translated by
China Nagata
First published 2021 in Japan by
Hayakawa Publishing, Inc.
This book is published in Japan by
direct arrangement with
Éditions Albin Michel.

コラージュアート／Q-TA
装幀／早川書房デザイン室

目次

1　一八八五年三月三日

「ルイーズ、時間よ」

ジュヌヴィエーヴは、若い女の身体(からだ)から毛布を片手でひきはがす。ルイーズは狭いマットのうえで身を縮め、眠っていた。たっぷりとした暗色の髪が枕を覆い、顔の一部を隠している。うっすらと開いた口からはかすかに寝息が漏れていた。共同寝室のほかの女性患者たちは皆、すでに起き上がっていたが、ルイーズの耳に周囲の音は聞こえていないようだった。鉄製のベッドが並ぶなか、女たちが伸びをしたり、髪をシニヨンに結い上げたり、薄い寝間着のうえに黒いワンピースを着たりしている。やがて、看護婦が注意深く見守るなか、女たちは落ち着いた足取りで食堂へと向かう。曇りガラス越しに陽光が遠慮がちに差し込んでいた。

ルイーズは最後まで起きようとしない。毎朝、看護婦やほかの患者がやってきて、彼女を眠りから引きずり出す。それでも、ルイーズは毎日、夕暮れになるとようやく安堵し、夢も見ない深い眠りへと落ちていく。眠っている間は、過去の苦しみを思い出すこともなければ、この先どうなるかを心配することもない。三年前、あの事件によってここにくることになって以来、睡眠だけが彼女のやすらぎだった。

「ルイーズ、起きなさい。皆が待っているわ」

ジュヌヴィエーヴに腕を揺さぶられ、ルイーズはようやく目を開けた。ルイーズは、患者たちが「古株」と呼ぶジュヌヴィエーヴが自分のベッドのすぐ横にいることにびっくりし、口を開いた。

「いつものことでしょう」

「準備して。もう充分眠ったはずよ」

「はい！」

ルイーズは足をそろえてベッドから飛び降りると、椅子のうえにある黒いウールの服をつかんだ。ジュヌヴィエーヴがすぐ近くで見守る。せわしない所作、落ち着かない頭の動き、荒い息遣いをじっと観察しているのだ。ルイーズは昨日も発作を起こしている。今日の予定をこなす前にまた同じようなことがあっては困る。

ルイーズは襟(えり)元のボタンをとめ、ジュヌヴィエーヴのほうを振り返った。いつものように白衣を身に着け、ブロンドの髪をシニヨンに結い上げてまっすぐに立つジュヌヴィエーヴを見ると、ルイーズは気後れしてしまう。彼女の冷徹な態度に慣れるには、数年かかった。不公平や不注意が理由で彼女に文句があるわけではない。ただ、情というものが感じられないのだ。

「これでいいでしょうか。マダム・ジュヌヴィエーヴ」

「髪はほどいたほうが、先生がよろこばれることでしょう」

ルイーズは、ふっくらとした腕をもちあげ、さきほど大急ぎで結い上げたばかりの髪をほどいた。自分では望んでいなくても、彼女は思春期にあった。十六歳。心はまだあどけなさを残している。肉体は成長を急ぎすぎた。十二歳になると胸や腰が丸みをおびてきた。肉体という果実にとつぜん生まれた色香(いろか)を、彼女の心はまだ知らされていなかった。思春期ともなればその瞳はまったくの無垢とはいかないが、それでも、うぶな部分はある。彼女はまだ幸福になることをあきらめていなかった。

「緊張するわ」

「先生にまかせておけば、うまくいきますよ」

「はい」

ふたりは病院の廊下を横切っていく。窓からさしこんだ三月の朝の光がタイルに反射していた。春の訪れを、そして四旬節中日(キリスト教において復活祭を前にした四旬節のあいだは節制の時期であるが、当時、フランスでは、その中日だけ息抜きが許されていた)が近いことを告げる光。わけもなく微笑みたくなるような、いつかここから出られる日がくるのかもしれないと希望を抱かせるような光だ。

ジュヌヴィエーヴもルイーズの緊張を感じとっていた。うつむき、両手を脇に垂らして歩むルイーズは呼吸が早くなっている。女性患者たちは、シャルコー先生に直接会うとなると、不安になるのが常だった。まして、公開講義に参加するとなればなおさらだ。重圧を感じる。人前で注目されるのは不安だ。これまで人前に出ることもなく生きてきた彼女たちは、好奇の目にさらされることに慣れておらず、途方に暮れてしまう。せっかく立ち直りかけていたというのに苦しい。

廊下をいくつか抜け、扉を通過し、講堂の控え室に入る。男性医師と研修医が数人、待機していた。男たちがいっせいに、「今日の出演者」のほうを振り向いた。皆、手にノートとペンを持ち、唇のうえには口ひげ、贅肉のない身体に白いシャツと黒いスーツを身に着けている。医者としての目がルイーズを裸にする。服の下まで見透かすような目だ。ぶしつけな視線に、ルイーズは思わず目を伏せる。

ひとりだけ見覚えのある顔があった。シャルコーの助手、ババンスキーがジュヌヴィエーヴに歩み寄る。

「もうすぐ満席になります。あと十分ほどではじめましょう」

「ルイーズはこれでだいじょうぶでしょうか」

ババンスキーはルイーズを上から下まで眺め、言った。

「このままでいいでしょう」

ジュヌヴィエーヴはうなずき、部屋を出て行こうとした。ルイーズは不安のあまり、後を追いそうになりながら言った。

「マダム・ジュヌヴィエーヴ、終わったら迎えに来てくれますよね」

「ええ、いつもどおりに」

ジュヌヴィエーヴは舞台脇から壇上を見た。木製のベンチが並ぶ聴講席からわきあがる低い声が反響し、講堂を満たす。病院内の一室というよりは、博物館、いや、珍品を集めた陳列室のようでさえある。天井も壁も、人体の絵画や版画、解剖図で埋め尽くされている。裸体、着衣のもの、不安そうな表情、茫然とした表情、どれもこれも名もなき誰かの身体だ。長椅子の横、重量感のある古びた棚のガラス戸の奥には、病院の功績を象徴する品々が収納されている。頭蓋骨、脛骨(けい)、骨盤、いくつものガラス瓶、石膏の胸像、雑多な医療器具。こうしたものを目にするだけで、この部屋を訪れた者たちは何か特別なものが見物できそうだとわくわくすることだろう。

ジュヌヴィエーヴは聴衆たちを見た。見覚えのある顔もある。医者、作家、記者、研修医、政治家、芸術家たち。皆、興味津々の顔をしているが、信奉者もあれば、まだ半信半疑の者もいる。ジュヌヴィエーヴは誇らしかった。講堂を毎週満席にするほど皆の注目を集めているのは、パリでシャルコーただ一人しかいないと思うと、我がことのように自慢だったのだ。彼が登場する。講堂が静まりかえる。熱心なまなざしを向ける聴衆のまえに、シャルコーは動じることなく、堂々とした体軀(たいく)と真面目な顔で現れた。面長な横顔は、ギリシャ彫刻の優美さと神々しさをそなえていた。何年にもわたり家族や社会から見捨てられた女たちの心の闇の奥底を見つめてきただけあって、そのまなざしには医者らしい精密な観察力と非情さがあった。彼は、女性患者たちに希望を与える存在であることを自認していた。自分の名がパリじゅうに知れ渡っていることも。彼は権威を与えられ、今や、自信をもってその権力を行使していた。自分には医学を進歩させるだけの才能があり、それを認められたからこそ、この地位にあると自負していたのだ。

「皆さま、本日はご来場いただきありがとうございます。これから始まる講義では、重度のヒステリー患者に催眠療法を行うところをご覧いただきます。患者の年齢は十六歳。このサルペトリエール病院に入院してから三年のあいだに、二百回以上のヒステリーの発作を記録しております。催眠によって発作を再現し、その症状を観察したいと思います。こうすることで、ヒステリーの生理学的プロセスについてより詳細な知識を得ることが可能になります。こちらにいるルイーズのような患者の協力によって、医学や科学は進歩していくのです」

ジュヌヴィエーヴの顔に微笑みが浮かぶ。出し物を待ちわびる見学者たちに語りかけているシャルコーの姿を見るたびに、彼女はいつも若かりし日のことを思い出す。ジュヌヴィエーヴは、彼が学び、記録をとり、治療を行い、研究し、それまで誰も気がつかなかったものを見つけ出し、それまで誰も考えてこなかったことを考え出すのを見てきた。彼、シャルコー医師だけが、医学の完全性、そのすべての真実と有用性を体現できるのだ。シャルコーのような人間が存在するのならば、偶像の神など必要ないではないか。いや、そもそも、シャルコーのような人はほかに存在しない。彼女は誇らしかった。パリで最も有名な神経科医の仕事とその進歩に二十年近く貢献できることはとても光栄で名誉なことだと思っていた。

ババンスキーがルイーズを壇上に招き入れる。十分前の緊張しきっていた姿はもうなかった。肩を引き、胸を張り、顔をあげ、彼女は自分だけを待っていた聴衆の前に歩み出る。もう怖くない。彼女にとってそれは勝利と承認の瞬間だった。医師にとっても同じことだ。

ジュヌヴィエーヴはすでに段取りを承知している。まず、ルイーズの顔の前で振り子をゆっくりと揺らす。ルイーズの青い目はじっと動かない。やがて、音叉の音が響いたかと思うと、ルイーズが後ろに倒れる。脱力した身体を二人の研修医が素早く支える。ルイーズは目を閉じたまま、何もかも言われたとおりにする。最初は、腕をあげる、向きを変える、少年兵のように曲げた片足を抱えて座るなど、簡単な動きから始まる。次は、医師の言葉に応じ、祈るように両手の指を組んだり、天井を仰いだり、十字架にかけられたキリストのポーズをとったりする。催眠術の披露はやがて見世物へと変わる。シャルコーが「大運動の段階」に入ったことを告げる。ルイーズは、床に寝転がり、特に指示を受けることもない。彼女はひとりでに動き回る。手足を曲げ、右へ左へと倒れこみ、うつぶせやあおむけで転げ回り、手足を硬直させ、ついに動かなくなる。その表情は苦痛と歓喜の間でゆがみ、大げさな身振りの合間にはかすれた息遣いが響く。迷信深い者なら、きっと彼女が悪魔に憑依(ひょうい)されたと思うことだろう。実際、観客のなかにはそっと指で十字を切る者もいた。痙攣(けいれん)が頂点に達すると彼女はうつぶせになり、頭と素足を床につけたまま、身体の中央を持ち上げ、首から膝までを弓なりに反らせる。暗色の髪が箒のように壇上の埃をかき集め、U字を逆さまにしたような背中がきしみ出す。最後にはヒステリーの発作が起こり、彼女の身体は息をのむ観衆の前で崩れ落ちる。

　ルイーズのような患者の協力によって、医学や科学は進歩していくのだ。

　人々は、塀の外、つまり、街のサロンやカフェでシャルコーの「ヒステリー患者の協力を得た公開講義」とはどんなものなのだろうと想像を膨らませる。裸で廊下を走ったり、タイルに頭を打ちつけたりする女たち。脚を広げて想像上の恋人を受け入れようとしたり、朝から晩まで声を限りに叫び続ける女たち。これまで、白いシーツの下で痙攣に震える女体や、髪を振り乱し顔をゆがめた姿ばかりが話題になり、老女や肥満した女、醜い女の顔ばかりが描かれてきた。つまり、そこにいる女たちは、侮辱罪や犯罪をしでかしたわけでもないのに、ただ何となく、世間から遠ざけられて当然の存在だと思われてきたのだ。ブルジョワであろうと労働者階級だろうと、ちょっと風変わりなものを見るだけで興奮する人たちがおり、こういう人たちにとって狂女たちは欲望をかきたて、不安を増殖させるものだった。狂女たちは彼らを魅了し、同時に怖がらせる存在だったのだ。午前中の終わり、この病院を見学してまわったとしたら、彼らはきっとがっかりしたことだろう。

広い共同寝室では、淡々と日常生活が営まれている。金属製ベッドの下や通路部分にモップをかけているかと思えば、冷たい水をはった洗面器の前で袋状のタオルに手を入れ簡単な身づくろいをしている者もいる。疲れているのか、悩みごとでもあるのか、他人との会話を拒んで横になっている者、ブラシで髪をとかしている者もいる。ひとりでぶつぶつしゃべっている者、雪の残る庭に光がふりそそぐのを窓から眺める者。十三歳から六十五歳まで年齢は様々だ。黒髪、ブロンド、赤毛と髪の色もそれぞれちがっているし、太っている者も痩せている者もいるが、そのまま街を歩けそうな服装や髪形であり、はじらいもある。塀の外の人間が想像するような異常な雰囲気とは程遠い。共同寝室だけ見れば、ヒステリー患者の収容所というより、療養所のようだ。とはいえ細部に目をやれば、「ふつう」とは違うことがわかる。たとえば、ずっと握ったり開いたりし続けている手。胸に押しつけるように折り曲げられた腕。蝶のはばたきのような細かいまばたき。目をつぶったままの顔もあれば、片目だけで見つめ返してくる顔もある。金属音も音叉も禁じられていた。そうした音は、カタレプシー（強硬症）の発作を誘発する危険があるからだ。ずっとあくびばかりしている女。体が勝手に動いてしまう女。悲しそうな目つき、無表情なまなざし、メランコリーに沈む目。時折、例のヒステリー発作が起こり、つかの間、静寂が漂っていた共同寝室にも緊張が走る。ベッドの上のときもあれば、床の上のときもあるが、身を折り曲げ、こわばらせ、見えない力と闘い、もがき、反り返り、ねじれ、必死に運命から逃れようともがきながらどうにもならない。皆が彼女をとりかこむ。研修医が両側の卵巣のあたりを指で強く推すと、ようやく発作は落ち着いていく。ひどいときには、エーテルを浸した布を鼻にあてる。すると、患者は目を閉じ、発作も収まる。裸足で、冷たい廊下で踊るといった人々が想像するヒステリー発作とは程遠く、ここにあるのはただひとつ、「ふつう」であろうとする日々の無言の闘いなのだ。

女たちがベッドを取り囲み、セーターを編むテレーズを見つめている。髪を三つ編みにして頭に巻きつけた少女が、「編み屋さん」とあだ名のつけられたテレーズに近づいて言う。

「ねえ、テレーズ、それ私のセーター？」

「これはカミーユのだよ」

「私、もう何週間もずっと待たされてるんだけど」

「あんたの分は二週間前にやっただろう。それを気に入らなかったのはあんたじゃないか、ヴァランティーヌ。もうひとつ編むのには、まだしばらくかかるよ」

「いじわる！」

ヴァランティーヌは不機嫌な顔で去っていく。彼女は自分の右手が異様な強さで握りしめられ、足ががたがた震えていることに気づいていない。

その横では、ジュヌヴィエーヴが研修医の助けを借り、ルイーズをベッドに寝かせようとしていた。ルイーズは疲れ切っていたが、それでも微笑むだけの力は残っていた。

「マダム・ジュヌヴィエーヴ、私うまくやれたかしら」

「ええ、いつもどおりでしたよ」

「シャルコー先生は満足してた？」

「ええ、あなたが治療を受けさえすれば、先生はご満足ですよ」

「みんな私を見てたわね。私、オーギュスティーヌみたいに有名になれるかしら」

「さあ、もう休んで」

「私、オーギュスティーヌみたいになるのね。パリじゅうの人に知られるようになるんだわ」

疲れた身体にジュヌヴィエーヴが毛布をかけてやると、ルイーズは青ざめた顔に微笑みを浮かべたまま眠りについた。


スフロ通りに夜が訪れた。パンテオン（偉人廟）が、厚い石壁のなかに高名な人々を抱き、丘のふもとに眠るリュクサンブール公園を見下ろしている。

道に面した建物の七階に、窓が開いている。ジュヌヴィエーヴは窓から目の前の静かな通りを見つめていた。通りを上れば死者の眠る荘厳なパンテオン、通りを下った先にはあちこちに彫刻が置かれ、朝早くから散歩する人や恋人たちや子供たちが緑あふれる小道や花咲き誇る芝生を歩き回る公園がある。

夕方に帰宅したジュヌヴィエーヴは、いつもの日課をこなす。まず、白衣のボタンをはずし、ほとんど機械的に染みや汚れ、特に血がついていないか確認してから、小さなクローゼットにしまう。それから踊り場の共同水道で、顔を洗う。同じ階に住む母娘にでくわすこともある。娘は十五歳だが、母と同様、洗濯屋で働いている。父親がパリ・コミューン（一八七一年に起きた社会民主主義運動のクーデター）で死んで以来、母と娘のふたり暮らしだ。狭い部屋に戻ると、ポタージュを温め、オイルランプの明かりのもと、簡素なベッドの端に腰かけて音も立てずに飲む。そしていつものように、すぐには寝ずに窓辺で十分ほど過ごす。背筋を伸ばし微動だにしない姿は勤務中と変わらない。灯台守が海を見つめるように何事にも動じず、ジュヌヴィエーヴは七階の窓から道を眺める。街明かりを前に物思いに耽っているわけでも、夢想に沈んでいるわけでもない。彼女はそんなロマンチストではなかった。ただ静けさに身を浸し、病院の塀の内で過ごした時間を忘れようとしているだけだ。窓を開け、朝から晩まで自分につきまとってきたすべてを風で吹き飛ばそうとする。皮肉めいた悲しそうな顔も、エーテルやクロロホルムの匂いも、タイルの上を歩く足音も、ぶつぶついう声や嗚咽も、患者たちの重みでベッドのきしむ音も、すべて。とにかく、あの場所から離れさえすれば、患者たちのことは気にならない。患者のほうも彼女には関心がない。患者がどうなろうと同情せず、患者にどんな過去があろうと動揺しない。新人看護婦のときにある事件に遭遇して以来、患者をひとりの人間として見るのをやめてしまった。あのときのことは、今でもよく覚えている。妹によく似た患者が発作を起こしたのだ。患者は、とつぜん別人のような顔になって、ジュヌヴィエーヴの首に両手を回したかと思うと、取り憑かれたかのようにきつく絞めあげてきた。当時、ジュヌヴィエーヴはまだ若かった。患者たちを救うためには愛情をもって接するべきだと思っていた。駆けつけた二人の看護婦がジュヌヴィエーヴを、彼女がこれまで信頼し、親しみを感じていたその患者から救い出してくれた。このときから彼女は学んだ。それから二十年、患者たちとつきあううちにその信念は確たるものとなっていった。病は人を人ではないものに変えてしまう。ジュヌヴィエーヴは患者たちを、病にあやつられるマリオネット、医師たちのなすがままになり、しわの間まで子細に観察されてもじっとしているただの人形、医学的な有益性以外には価値のない、変わった動物ぐらいにしか思わなくなった。妻や、母や、思春期の少女だと思ってはいけない。まなざしを向けたり、大切に扱ったりする相手ではない。性欲の対象や愛情の対象になることもない。彼女たちは病人であり、正気ではない。落伍者（らくごしゃ）なのだ。そしてジュヌヴィエーヴの役割は、よく言えば、彼女らの世話をすること、悪く言うなら、しかるべき条件のもと監禁状態を維持することにあった。

ジュヌヴィエーヴは窓を閉め、オイルランプを手にとり、木製の机の前に置くと、その前に腰を下ろした。パリに来て以来、住み続けているこの部屋で、唯一のぜいたくがゆっくりと部屋を温めてくれるストーブだ。この二十年、何も変わっていない。部屋の四隅をそれぞれ、簡素なベッド、クローゼット、石炭を使う調理台、文机が占めている。どれもずっと使っているものばかりだ。クローゼットには、外出着二着と部屋着が一着入っており、文机の前には椅子があってちょっとした書きものができるようになっている。暗い木目で構成された部屋のなかで、薔薇色のじゅうたんが唯一の色彩だが、これも年月を経て黄ばみ、ところどころ湿気で盛り上がっている。屋根裏部屋の天井は弧を描くように斜めになっていて、低くなっている部分を歩くときは、自然と身をかがめるのが習慣になっていた。

ジュヌヴィエーヴは便箋を取り出し、インク壺にペン先を浸すと、書き始めた。

一八八五年三月三日、パリ

愛する妹へ

ここ数日、手紙が書けませんでしたが、どうぞ悪く思わないでくださいね。今週は患者たちが妙に興奮して暴れました。ひとりが発作を起こすとほかの人にまで連鎖するのです。毎年、冬の終わりになるとそういうときがあります。何か月も重苦しい空模様が続き、ストーブの暖気が行き渡らず、共同寝室は冷え込むせいでしょうか。ただでさえ冬は気持ちが沈みます。こうしたことが患者の心に深刻な影響を及ぼすのです。あなたにもわかるでしょう。幸いなことに、今日は春の兆しを感じる日差しでした。それに、あと二週間で、四旬節中日のお祭りです。ええ、もうそんな季節なのですね。そうなれば、患者たちも落ち着くでしょう。そろそろ去年の衣装を出すことになっているのです。患者の機嫌もすこしはよくなるでしょうし、研修医たちも一緒になって機嫌がよくなるはずです。

今日は、またシャルコー先生の公開講義がありました。今回はルイーズが壇上にあがりました。おばかさんなあの子は、自分がオーギュスティーヌみたいに有名になれると思っているみたい。私は彼女に思い出させてやらなければなりませんでした。オーギュスティーヌは、自分の成功に酔い、ついには病院から脱走したのです。しかも、男の格好をして、とね。なんて恩知らずなんでしょう。私たちに、ええ、しかもシャルコー先生にあんなにお世話になっていたというのに。あの病気は一生、完治しないのです。ええ、いつも言っているとおりよ。

でも、今日の公開講義はうまくいきました。シャルコー先生とババンスキーはうまく発作を起こさせることができ、観衆も満足そうでした。毎週金曜日、講堂は満席になります。シャルコー先生は名声にふさわしい人です。このさき、どんなすばらしい発見をするのか、私には想像もつきません。毎回、思い返すのです。オーヴェルニュの田舎医者の娘だった私が、パリで最も高名な神経科医のお手伝いをしているなんて。正直なところ、そう思うだけで、誇りと尊敬の思いで胸がいっぱいになります。

もうすぐあなたのお誕生日ですね。考えると心が痛むので、できるだけ考えないようにしています。ええ、今でも。あなたは私を愚かだと笑うでしょう。でも年月は何もしてくれません。あなたのいない寂しさはずっと消えないでしょう。

大好きなブランディーヌ、そろそろ寝る時刻です。あなたを抱きしめてキスしましょう。

あなたがどこにいようと愛する姉より

ジュヌヴィエーヴはひととおり読み返したあと手紙を折りたたみ、封筒に入れた。そして封筒の右上に「一八八五年三月三日」と日付を書き込む。立ち上がって、クローゼットを開ける。吊り下げられた服の足元に長方形の箱が重ねられていた。彼女はいちばん上の箱を手に取る。そこには、今手にしている封筒と同様、右上に日付の書かれた封筒が百通近く入っていた。いちばん手前にある封筒の日付が一八八五年二月二十日であることを指さしながら確認し、書き終えたばかりの手紙をその前に差し入れる。

箱にふたをし、元の場所に戻すと、クローゼットの扉を閉めた。

2　一八八五年二月二十日

　三日前から雪が降り続いていた。広い場所では、降る雪が真珠のカーテンのように見える。歩道や庭に降り積もった白い雪は、きゅっきゅっと音を立て、踏みつけるブーツの革部分や毛皮飾りにまとわりつく。

　夕食の席についたクレリ家の人々に、大きな窓の外で静かに降りしきり、オスマン通りに白いじゅうたんを敷き詰める雪を気にするようすはなかった。家族五人、目の前の料理に神経を集中させ、たった今、召使が運んできたばかりの肉を切り分けている。彼らの頭上には、刳り型装飾の天井がある。家具も絵画も、大理石やブロンズの装飾品も、シャンデリアもいかにもパリのブルジョワらしいアパルトマンだ。いつもの夜がはじまったばかり。ナイフやフォークが陶製の皿に当たる音が響き、誰かが身を動かすたびに椅子がきしむ。暖炉では薪がぱちぱちと鳴り、召使たちがときおり火箸で火力を調整する。

　家長である父の声が静寂をやぶった。

「今日、フォションが来たぞ。母親の遺産には満足していないみたいだな。ヴァンデの城が欲しかったようだが、姉が相続したらしい。やつがもらったのは、リヴォリ通りのアパルトマンだけだとさ。まったくお情けでくれただけのお粗末な遺産だな」

父は皿から顔を上げようともしない。だが、彼が口火を切った以上、もうしゃべっても大丈夫だ。ウジェニーは、向かい側に座る兄に目をやったが、彼も皿に向かってうつむいたままだ。ウジェニーは機会を逃さなかった。

「パリの噂だと、ヴィクトル・ユゴーさんはもう長くないとか。ねえ、テオフィル、何か聞いている？」

兄のテオフィルは、肉を嚙みながら驚いたような目で彼女を見た。

「いや、君の知っている以上のことは知らないよ」

こんどは父がウジェニーのほうを見る。父はその目が皮肉を言いたげに輝いていることに気づいていない。

「パリの噂って、どこでそんな話を聞いたんだい？」

「新聞売りから聞いたの。カフェで」

「カフェに長居するのはよくないな。そんな下品な場所に」

「本を読むためにちょっと寄っただけよ」

「それでも、だめだ。この家であの男の名は口にしないでくれ。かばうやつもいるが、あれは共和主義者（レピュブリカン）だからな」

十九歳のウジェニーは笑みをこらえた。このくらい挑発しないと、父親は彼女のほうを見ようともしない。父は彼女に興味がない。唯一関心を示すとしたら、良家の子息、つまりクレリ家同様、弁護士や公証人の家柄の青年が彼女に求婚したときだろう。名家に嫁ぐそのとき、彼女はようやく父親にとって価値のある存在になるのだ。ウジェニーは想像する。もし、結婚なんかしたくないと正直に言ったら、父はどんなに怒ることだろう。だが、もうずいぶん前から心は決まっていた。今、右隣に座る母親のように、ブルジョワのアパルトマンに閉じ込められた人生、時間どおり、男の決めたとおりに過ごす生活。野心も情熱もない生活。鏡のなかの自分だけを見つめる生活。いや、鏡さえ使わなくなるかもしれない。子供をつくる以外の目的もなく、毎日、何を着るかぐらいしか考えることのない生活。そんなのはいやだった。逆を言えば、それ以外なら何でも受け入れられると思っていた。

兄の隣の席から父方の祖母が彼女に微笑む。この祖母だけが、家族のなかでただ一人、あるがままの彼女を受け入れ、向き合ってくれていた。祖母にとって彼女は、信頼できる相手であり、自慢の孫であった。白い肌に褐色の髪、広い額に注意深いまなざし。ウジェニーの左目の虹彩には黒い染みがあった。何もかもじっと観察し、無言のまま記憶する。知識にもあこがれにも限界などないと思いたかった。ときに胃が痛くなるほど切実に自由を求めていたのだ。

父のクレリ氏は食欲旺盛なテオフィルを見つめている。この長男に声をかけるときだけは、権威的な父も少し口調をやわらげる。

「テオフィル、私が買ってやった新しい本は読んだかい」

「まだだよ。他に読み終えてない本があるからね。三月になったら、読むよ」

「あと三か月もしたら公証人見習いになるんだから、これまで学んだことをそれまでに復習しておいたほうがいいぞ」

「だいじょうぶだって。そういえば、明日の午後は出かける予定なんだ。討論会に行く、フォションの息子もくるはずだよ」

「やつの父親の遺産については話題にするなよ。落ち込ませてしまうからな。だが、討論会はいい。精神を鍛えるんだ。フランスは考え深き若者の力を必要としているからな」

ウジェニーは顔をあげ父を見る。

「考え深き若者ということは、男性だけではなく女性も含んでいるのよね。ねえ、パパ、そうでしょう」

「何度も言ったじゃないか。公の場所に女性の席なんてない」

「男しかいないパリなんてさみしいわ」

「ウジェニー、やめなさい」

「男の人っていつもまじめで、楽しむことを知らないんですもの。女性だって真面目だけれど、笑うこともできるのよ」

「私に口答えするな」

「別に口答えなんかしてません。議論してるだけです。テオフィルには討論会を奨めていたし、テオフィルは、明日、討論会でこんなふうに議論するんでしょう?」

「いいかげんにしろ。前にも言ったはずだ。この家でそんな生意気な態度は許さん。食卓から出ていけ」

父親はさらに、がちゃりと音をたててナイフとフォークを置き、ウジェニーをまなざしで威圧する。いらだちのあまり、特徴的な長い頬ひげや口ひげが逆立っていた。額やこめかみも紅潮している。今夜、ウジェニーは少なくとも父から感情を引き出すことに成功したようだ。

彼女はナイフとフォークを皿に置き、ナプキンをテーブルに戻した。立ち上がると、テーブルを囲む家族に軽く会釈をする。母は悲しそうな顔で娘を見ていたが、祖母はどこか楽しんでいるようにも見えた。ウジェニーはこの騒動に少なからず満足して、食堂を出て行った。

「さっきのあれ、どうしても我慢できなかったの？」

その晩のことだ。五つある寝室のひとつで、ウジェニーはクッションや枕を叩き、形を整えていた。後ろでは、祖母が寝間着姿で、ベッドが整うのを待っている。

「少しは楽しまなきゃ。さっきは、何ともいえない悔しさを感じたのよ。さあ、おかけになって。おばあさま」

ウジェニーはしわの目立つ祖母の手をとり、ベッドに座らせる。

「フランソワったら、デザートまでずっと怒っていたわよ。ご機嫌直してもらいなさいね。あなたのためを思って言っているのよ」

「心配しないで。パパはもともと私に何の期待もしていないんだから」

ウジェニーは、寝間着から突き出た祖母のやせた両足をもちあげ、毛布の下にすべりこませる。

「寒い？　ふとんをもってきましょうか」

「いいえ。だいじょうぶよ」

ウジェニーは身をかがめ祖母の顔をのぞきこむ。毎晩、こうして寝支度を手伝う。祖母の青い目を見るとほっとする。目じりにしわを寄せ、薄い色の目を細めるその微笑みは誰よりもやさしいものだった。ウジェニーは祖母が好きだった。たぶん、ある意味では、実母よりも愛していた。祖母自身が、実子よりも孫に愛情を注いでいたからかもしれない。

「ねえ、ウジェニー、あなたの最大の長所は、最大の欠点でもあるわね。あなたは何物にもとらわれない」

祖母は毛布から手を伸ばし、孫娘の褐色の髪を撫でようとした。だが、ウジェニーの目はもう祖母を見ていなかった。部屋の隅にある何かに気をとられていたのだ。彼女が目に見えぬものをじっと見つめているのはこれが初めてではなかった。心配になるほど長い時間、ずっとそうしているわけではなかった。何かを思いついたか、思い出すなどして、不意をつかれただけなのかもしれない。いや、十二歳のとき、ウジェニーが何かが見えると言い張ったときのように、今日も何かを見たのだろうか。祖母はウジェニーの視線の先に目をやった。部屋の隅には、タンスと花瓶と本が数冊あるだけだ。

「どうかしたの？」

「何も」

「何か見えたの？」

「いいえ、何も」

ウジェニーはわれに返り、祖母の手を撫でながら微笑んだ。

「疲れているの。それだけよ」

本当のことは言えない。彼女は何か、いや、正確には誰かを見たのだ。しばらく見ていなかったことも、なんとなく予感があったものの、その出現に彼女自身が不意をつかれたことも言えなかった。初めて見たのは十二歳のとき。祖父が誕生日を前に死んでから二週間が経ったときだった。家族全員がサロンに集まっていた。その時、ウジェニーは初めてその姿を見た。彼女は叫んだ。「見て！　おじいちゃんがいる。あそこのソファに座っている！」皆にも見えていると思っていたのだ。まわりが否定すればするほど、彼女はむきになった。「そこにいるじゃない。うそなんかじゃない！」ついにはうんざりした父親が彼女をきつい言葉で激しく叱りつけ、それに懲りた彼女は以来、祖父が見えても何も言わなくなった。別の人物が見えても同じだ。そう、見えたのは祖父だけではなかった。祖父が見えたということで、これまで胸のあたりに痞えていたものがなくなり、何らかの回路が開放されたかのようだった。祖父以外に知っている人はいなかった。男だったり、女だったり、年齢も様々でまったく知らない人たちだ。彼らは突然現れるわけではない。彼らが「来る」予兆は、じわじわと迫ってくる。倦怠感に襲われ、四肢が重たくなり、半ば眠ったような感覚になる。全身のエネルギーが奪われ、何かに吸い取られるような感覚があり、彼らが現れる。サロンに立っていることもあれば、ベッドに腰を下ろしていたり、食卓の横に立って、皆が食べるのを見ていたりもする。幼いころは、こうした存在に怯え、恐怖のあまりひとりで黙り込んでいたこともあった。できることなら、父親に抱きつき、「彼ら」が消えるまで胸に顔をうずめていたかった。だが、どんなに動揺していても、それが幻覚ではないのは確かだった。彼らが現れるときに感じるあの戦慄からして、間違いない。彼らは死者であり、彼女に会いにくるのだ。

ある日、祖父が現れ、彼女に語った。いや、正確には頭のなかに祖父の声が聞こえてきた。「彼ら」は無表情で、声を発することなく語りかけてくる。祖父は怖がらなくていい、危害を加えることはないし、死者よりも生きている人間のほうがよほど恐しい存在なのだと言った。そして、ウジェニーには「才能」があり、だから死者たちは彼女を頼ってきたのだとつけ加えた。当時彼女は十五歳だったが、最初の頃のような恐怖はまだ捨てきれていなかった。ただ、祖父だけは例外だった。彼女は祖父の「訪問」を受け入れたが、そのほかの者が現れると消えてくれと懇願し、「彼ら」は言われたとおりに姿を消した。自分から彼らとの交信を望んだわけではない。そんな「才能」がほしかったわけでもない。そもそも、彼女にとってその能力は「才能」というより、ある種の不具合でしかなかった。ウジェニーは、「こんなことはいつか終わる。両親の家を離れさえすればもう彼らは現れなくなる。もう面倒な思いをしなくてすむ」と自分に言い聞かせ、不安を打ち消そうとしていた。それまでは、ただ黙ってやり過ごそう。たとえ祖母の前でも隠し通さなくてはならない。もし、またさきほどのようなことがあったら、サルペトリエール精神病院に連れていかれてしまうかもしれない。

翌日の午後、雪のパリは静かだった。白くなった道では、ベンチと街灯のあいだで子供たちが雪合戦に興じていた。まぶしいほど白い光がパリを照らしていた。

テオフィルは門を出ると、待たせてある馬車のほうへ歩きだした。シルクハットから赤い巻き毛がはみだしている。顎にとどくほどコートの襟をたて、大急ぎで革手袋をつけると、馬車のドアを開けた。片手を差し出し、ウジェニーが馬車に乗り込むのを助ける。ウジェニーは袖口が広がったフード付きの黒のロングコートに身を包んでいる。結い上げた髪にはガチョウの羽根が二本飾られていた。今、パリで流行している、花のついた小ぶりのとんがり帽子は好きではないのだ。テオフィルは、御者に歩み寄った。

「マルゼルブ大通り九番地に頼む。ルイ、父さんに何か聞かれたら、僕はひとりで出かけたことにしておいてくれ」

御者は唇の前に手をやり、沈黙を約束した。テオフィルは自分も馬車に乗り込み、妹の横に座る。

「まだへそを曲げているの？」

「君がへそまがりなのさ」

昼食はいつも父親が不在なので、もめごとは起こらない。テオフィルは、昼食の直後、自室に下がり、毎日の習慣で二十分ほど昼寝をしてから外出の支度をする。その日、ちょうど鏡の前でシルクハットをかぶったところで、部屋をノックする者がいた。四つ叩くのは、妹のウジェニーだ。

「どうぞ」

ウジェニーが入ってきた。外出用の服を着て、髪も整えている。

「またカフェにいくのかい？　父さんがいやがるぞ」

「いいえ、カフェではなく、討論会に同行しようと思って」

「無理だよ」

「どうして？」

「招待されていない」

「じゃあ、私を招待して」

「男しかだめなんだ」

「残念ね」

「そんなところ、行きたくないだろう？」

「どんなところか、一度だけでも見てみたいわ」

「サロンで、煙草を吸ったり、コーヒーやウィスキーを飲んだりして、哲学めいた話をする」

「そんなにつまらない場所なら、どうしてそんなところに行くのよ」

「確かにそうだ。まあ、社交の場ということかな」

「連れてって」

「父さんにばれて、大目玉をくらうのは嫌だよ」

「ジョウベル通りのリゼット嬢のところへ行く前にも、同じように考えたのかしら」

テオフィルは茫然とし、しばし妹を見つめた。ウジェニーは微笑んでいる。

「じゃあ、玄関で待ってるわね」

両側に雪の積み上げられた道を馬車が走り始めると、テオフィルは心配そうな顔になった。

「出かけるとき、母さんに見られなかった？」

「ママが私を見ることなんてないわよ」

「ひどいな。家族全員が君の敵というわけじゃないだろう」

「味方は兄さんぐらいよ」

「確かにね。僕はそのうち父さんの側について、君の嫁ぎ先を探すことになるんだろうな。結婚して家を出れば、君は好きなようにどこのサロンにも行けるし、僕をわずらわせることもなくなるはずさ」

ウジェニーは兄を見て、微笑んだ。兄妹の唯一の共通点は、皮肉屋なところだった。愛情が彼らを結びつけることも、憎しみが彼らを対立させることもない。ふたりは兄妹というより、同居人として共存する仲間のようだった。それでも、ウジェニーからすれば、兄をうらやむ理由がいくつかあった。テオフィルは長男であり、皆から愛され、勉学を後押しされ、いつかは公証人になると期待されている。だが、ウジェニーは、誰かの妻になること以外期待されていない。もっとも、テオフィルのほうでも、自身の境遇を恨んでいる部分はあったし、ウジェニーもそれは理解していた。両親からの期待は彼にとって重荷でもあったのだ。彼もまた、期待に応えねばならなかった。個人的な思いは秘めておかねばならなかった。それは彼ひとりの問題であり、自分で解決するしかない。だから、彼は荷造りをし、あちこち、しかも遠方を選んで旅ばかりしていた。兄妹に共通するもうひとつの思い。それは立場を選べなかったことだ。もっとも、その受けとめ方は、同じではない。

テオフィルはあきらめ、受け入れた。だが、ウジェニーは、それを拒み、反抗していたのだ。

ブルジョワたちのサロンは、彼らの家とよく似ていた。天井からはクリスタルのシャンデリアが下がっている。召使が銀のお盆にウィスキーのグラスを載せ、招待客の間を縫うように歩く。陶器のカップに入ったコーヒーを運ぶ召使もいた。

マントルピースの横に立ったり、十八世紀のソファに座ったりしながら、若い男たちが低い声でしゃべりながら煙草や葉巻を吸っていた。思慮深く、画一主義的な新たな時代のエリートたちだ。その顔には、裕福な家に生まれ育った自負がうかがえる。無造作な態度にも、労働を知らない特権階級の誇りが現れている。彼らにとって、「品格」とは、壁からこちらを見るご先祖様の肖像画であり、何の苦労もなく手に入れた社会的地位にすぎないのだ。

皮肉めいた笑みを浮かべ、ひとりの青年がテオフィルに近づいてきた。ウジェニーは一歩下がったところから、社交的な集まりを観察する。

「クレリ、君がこんなすてきな人を同伴させるとはね」

赤毛の下でテオフィルが顔を紅潮させる。

「フォション、紹介するよ、妹のウジェニーだ」

「妹？　君たち、ちっとも似てないね。はじめまして、ウジェニー」

フォションは一歩踏み出し、手袋をした彼女の手をとろうとする。ぶしつけな目線に、ウジェニーは軽く嫌悪感を覚えた。フォションはテオフィルのほうを向いて続ける。

「祖母の遺産の話、父上から聞いただろう?」

「ああ、聞いた」

「父が気を悪くしている。ヴァンデの城のことしか考えてなかったからな。でも、僕のほうがもっと気を悪くしても当然だと思うんだ。あのばあさん、僕には何にも残さなかったんだからな。たったひとりの孫だというのに。さて、ウジェニー、何かお飲みになりますか」

「コーヒーを。砂糖なしで」

「頭につけたガチョウの羽根がご立派ですね。あなたのおかげで今日のサロンはにぎやかだ」

「そんなに面白いかしら」

「おやおや、生意気な性格もまたいいですね」


真綿にくるまれたようなこの場所で、時間は酷なほどゆっくりと過ぎていく。少人数のグループでの会話は、グラスやカップの立てる音と混じりあい、もはや低く単調な反響として聞こえるだけだ。煙草の煙が優雅な透明のヴェールとなって頭上をゆらゆらと漂っている。男たちはみな、酔いも手伝い、気怠そうにしている。ウジェニーはやわらかなビロードのソファに腰を下ろし、口に手をあててこっそりとあくびをした。兄の言っていたとおりだった。このサロンは社交の場でしかない。討論らしい討論などなく、よくある話を持ち出したり、教養人を自称する者が吹聴していた意見をそれらしく繰り返したりするだけなのだ。植民地のことやグレヴィ大統領、ジュール・フェリー法のことなど、確かに政治の話もする。文学や演劇も少しは話題になるが、掘り下げた議論はない。彼らにとって、文学や演劇は「気晴らし」であって、知的な教養ではないからだ。ウジェニーは、ただ話を聞き流していた。時折、話に割って入ったり、批判したり、矛盾を指摘してやりたい衝動にかられながらも、この偏狭な思考に凝り固まった人たちを揺り動かそうとは思わなかった。そんなことをしたらどうなるかわかっていた。男たちは彼女をじろじろと見て、彼女の発言をからかい、片手で払いのけるようにして彼女の言葉を葬り、彼女をしかるべき場所に追い戻そうとするだろう。うぬぼれやたちは、彼らの立場を危うくするものを嫌悪する。相手が女性ともなればなおさらだ。彼らが女性を評価するのは、身体の線が美しいといった理由、つまり外見が好みのときだけだ。自分たちのプライドを打ち砕くような女性は、からかいの対象となる。いや、それどころか、まったく相手にされず無視されて終わるかもしれない。ウジェニーは三十年ほど前に起こったというこんな話を思い出した。エルネスティーヌという女が従兄の料理人から料理を教えてもらい、ブラッスリーの厨房に立つことで、妻という立場から自由になりたいと考えた。だが、夫は自分の支配的な立場を失うことを恐れ、彼女をサルペトリエール精神病院に入院させたというのだ。似たような話は、今世紀初頭からあるし、パリのカフェで話題になったり、新聞の三面記事になったりしていた。夫の浮気に腹を立て正気を失った女性。自分の性器を通行人に見せていた路上生活者の女性。放蕩が過ぎておかしくなり、二十歳も年下の男の腕にすがって歩く四十すぎの女や、夫を亡くして以来ふさぎこみ、姑に連れてこられた未亡人の女性など、秩序を乱すあらゆる女の「捨て場所」がサルペトリエール精神病院だった。そこは、「ふつう」ではない女性が収容される場所だった。そして、自己主張という罪を犯した女性を閉じ込める牢屋でもあった。もっとも二十年前、シャルコー医師が赴任してから、サルペトリエール精神病院は変わったという噂だ。今は、本当にヒステリー症状のある女性しか入院していないという。だが、そうはいっても疑念は消えない。父や夫が支配してきた家族観、深く根づいた社会観が二十年やそこらで変わるはずがない。ちょっとした言葉や、自分らしさ、独立を望む気持ちの表明によって病院送りになることを今も女性たちは恐れていた。だから、女性たちは注意深くふるまう。一見大胆そうなウジェニーでさえ限度を心得ていた。しかもこのサロンにいる男性たちはみな社会的な有力者なのだ。


「……でも、あいつは異端者だ。やつの本なんか焼かれて当然さ」

「いや、それこそ過大評価だろう」

「ただの流行りさ。すぐに忘れられて終わりだよ。そもそも、すでに落ち目じゃないか」

「ああ、あの幽霊の存在を擁護(ようご)しようとしているやつかい」

「幽霊じゃない霊魂(エスプリ)だ」

「馬鹿馬鹿しい」

「魂は物質よりも長生きするとあらゆる理論を駆使して証明しようというわけだ。それが本当なら、これまでの生物学はぜんぶ否定されてしまうな」

「まあ、生物学はおいておくとして、もし霊とやらが存在するなら、もっと頻繁に現れてもいいはずだろう」

「確かめてみよう。賭けようか。この部屋にも霊がたくさんいて、本を落としたり、額絵を動かしたりしているんだ。きっと」

「やめろよ、メルシエ。馬鹿馬鹿しいとは思うが、そんな冗談は言うもんじゃない」

　ウジェニーはソファから身を起こした。思わず前のめりになる。このサロンに来て初めて、本気で話に聞き入っていた。

「馬鹿馬鹿しいだけじゃない。危険なんだ。『霊の書』は読んだかい？」

「そんなでたらめな話を読むなんて、時間の無駄だ」

「批判するなら、まず相手を知らなくては。僕は読んだよ。僕がこれまで親しんできたキリストの教えをひどく傷つけるようなことが書いてあった」

「死者と交信できるという男の話か？」

「ああ、天国も地獄も存在しないとまで言っている。そして、早産は、胎児が魂を失うことで起こるというんだ」

「冒瀆だ」

「そんな危険思想、死刑にすべきだ」

「その方のお名前はなんておっしゃるんですか？」

　ウジェニーはソファから立ち上がった。使用人が彼女に歩み寄り、手にしていた空のカップを回収する。男たちは振り返り、これまで無口で、沈黙していた彼女がようやくしゃべったことに驚き、ウジェニーの顔を見た。テオフィルは不安に身をこわばらせた。妹の行動は予測不可能だ。彼女が口を開いた以上、このまま何事もなく終わるわけがない。

フォションは、長椅子の後ろに立ち、葉巻片手に微笑んでいた。

「羽根飾りのお嬢さんがついにしゃべったぞ。何でそんなことを知りたがるんです？　まさかあなた幽霊じゃないでしょうね」

「その方のお名前を教えてください」

「アラン・カルデックだよ。なぜそんなことを聞くんです？　興味があるんですか」

「みなさんが熱心にお話しなさっているので。これだけ話題になる方ならば、きっと何かあるんでしょう」

「いや、単なる思い違いかもしれませんよ」

「それは自分で判断します」

テオフィルが人々の間を通り抜け、ウジェニーに駆け寄った。妹の腕をつかみ、ささやく。

「この場で磔（はりつけ）にされたくないだろう。さっさと帰るぞ」

兄の目に威圧感はなく、それよりも心配でたまらないようだった。反感を顕わにし、彼女を上から下まで眺めまわす男たちの視線も感じた。ウジェニーは兄の言葉にうなずき、男たちに軽く会釈をしてサロンを去った。昨日に引き続き、またもや、その場を凍りつかせたまま、席を立つことになってしまったのだ。

3　一八八五年二月二十二日

「雪がきれいね。庭に出たくなる」

窓ガラスに肩を押しつけ、ルイーズはブーツの底をタイル張りの床にこすりつけている。ふっくらとした腕を胸の前で組み、口をとがらせる。窓の向こう、庭の芝生のうえは、雪の層が見事なまでに真っ平に広がっている。雪が積もっているあいだ、患者は外に出られない。彼女らの服は防寒仕様ではないし、身体も脆弱（ぜいじゃく）なのだ。すぐに肺炎を起こしてしまうだろう。さらにいえば、雪のなかではしゃぐことで、興奮しすぎる心配もある。そんなわけで、雪が降るたびに、彼女たちは共同寝室に閉じ込められてしまう。室内を歩き回り、聞き役がいればしゃべることもあるし、元気なく黙り込む者や、やる気のないままカード遊びをしている者もいる。鏡をのぞき込む者、他人の髪を編んでやる者。皆、ぐったりと退屈そうだ。朝目覚めたときから、今日も一日じっとしているのかと思うと、身も心もうんざりする。時計がないので、なおさら時間がとまっているかのように感じられ、いつまでも今日が終わらないような気がする。ただひたすら医者の診察時間を待つだけの療養生活。病院においては時間こそが真の敵なのだ。時間は抑え込んでいた考えを呼び起こし、記憶をよみがえらせ、苦悩や後悔をかきたてる。いつ終わるのかわからない時間の流れは、病気そのものよりも恐ろしいものだった。

「ルイーズ、文句ばっかり言ってないで、こっちに来なさいよ」

ベッドに腰を下ろしたテレーズは、少女たちに取り囲まれ、相変わらずショールを編んでいる。テレーズはがっしりとした体格でしわも多い。少しまがった指は、いつも編み針を手にしている。患者たちは、彼女が編み上げた作品を自慢げに満足そうに身に着ける。久しぶりに誰かが自分に関心をもち、愛情を向けてくれた証なのだ。

ルイーズは肩をすぼめる。

「窓の外を見ているほうがいいわ」

「外を眺めるのは、身体によくないんじゃない？」

「ううん。何だかここが自分のうちの庭のように思えてくるの」

戸口に男性のシルエットが浮かび上がった。若い研修医が、立ったままじっと共同寝室を見渡し、ルイーズに目をとめる。ルイーズも彼を見た。ルイーズは組んでいた腕をほどき立ち上がると笑みを浮かべた。研修医は軽く頭を動かして彼女に合図をし、すぐに姿を消した。ルイーズはあたりを見回す。テレーズがやめなさいと言わんばかりの目で彼女を見ている。だが、ルイーズはテレーズから目をそらすと、共同寝室を出て行った。

誰も使っていない部屋のドアを開ける。鎧戸(よろいど)は閉まっている。ルイーズはそっと後ろ手に扉を閉めた。青年は立ったまま、暗い部屋のなかで彼女を待っていた。

「ジュール」

ルイーズは青年の腕に飛び込み、彼もまた彼女を抱きしめる。心臓からこめかみまでどきどきと脈打つ。青年の手が彼女を髪やうなじを愛撫する。ルイーズの肌にぞくっとするような感覚が走る。

「ここ数日、どこにいたのよ。待っていたのに」

「仕事が忙しかったんだ。今日もあまりゆっくりしていられない。このあと講義だし」

「あら、残念」

「ルイーズ、せかさないでくれ。もうすぐ一緒にいられるようになるから」

青年はルイーズの顔を両手ではさみ、親指で彼女の頬を撫でた。

「ルイーズ、キスしていいかな」

「だめよ、ジュール」

「頼むよ。君の口づけを一日じゅう感じていたいんだ」

ルイーズが答える暇もなく、青年は身をかがめ、ルイーズにやさしくキスをした。青年はルイーズが躊躇(ちゅうちょ)しているのを感じたが、キスをやめようとはしなかった。強引に迫れば、むこうが譲歩するだろうと思ったのだ。口ひげがルイーズの肉感的な唇にあたる。不意打ちのキスだけで満足せず、彼は胸に手をすべりこませ、乳房をつかんだ。ルイーズは乱暴に青年を突き放し、身を引こうとする。足が震えていた。立っていられなくなったルイーズは、やっとの思いで二歩ほど下がり、ベッドの端に腰を下ろした。ジュールは彼女の表情には気づかず、そのまま彼女の足元に跪く。

「そんなに怖がらなくてもいいじゃないか。僕は君を愛している。ね、わかるだろう」

その声はルイーズに届かない。彼女の目は何も見ていない。彼女は自分の体をまさぐる叔父の手を思い出してしまったのだ。

すべてはベルヴィル通りの火災から始まった。ルイーズは十四歳になったばかりだった。火事が地階で発生したとき、彼女は両親と管理人室で眠っていた。ルイーズたちは炎の熱で目を覚ました。ねぼけ眼のままルイーズは父の腕でベッドから抱き上げられ、窓から外に出された。歩道にいた近所の人が彼女を抱きとめた。頭がくらくらする。息が苦しい。ルイーズは気を失い、気がつくと叔母の家にいた。「今日から私たちを親と思ってね」。ルイーズは泣かなかった。死んだら二度と会えないとは思っていなかったのだ。父と母はどこかに怪我の治療に行き、治り次第自分を迎えにくるのだと思っていた。だから、悲しくなかった。ただ待っていればいいと思っていたのだ。

こうして彼女は叔母とその夫とともにビュット・ショーモンの丘の裏側、中二階のあるアパルトマンに暮らすようになった。火事の悲劇にみまわれた後、彼女の胸や尻は急に女らしくなった。もはや子供ではなくなり、もっていた服もどんどん着られなくなっていった。叔母は自分の服にはさみを入れ、縫い直し、彼女の服をつくってくれた。「夏の間はこれを着なさい。冬の服はどうしましょうね」。叔母は洗濯女で、叔父は肉体労働者だった。叔父が直接ルイーズに言葉をかけることはなかったが、彼女が女らしく成長するにつれ、叔父がじっとルイーズを見つめることが増え、ルイーズ自身もそれに気づいてはいた。だが、そこにこめられていたのは、彼女の知らない感情だった。それは大人の世界のものであり、まだ子供の自分には関係ないと思っていた。いやらしい目で見られることは、彼女の意志ではどうにもならない。彼女はただ戸惑うばかりだった。丸みを帯びていく体格に居心地の悪さを感じた。自分の体はもはや自分のものではないようであったし、路上や、家のなかで肉体に向けられる視線にも困惑していた。叔父は彼女に何も言わなかったし、ふれられたこともない。でも、彼女は夜寝るのが怖かった。女としての本能がどんな反応をしてしまうのかも含め、ただ怖かったのだ。中二階にあがりマットレスの上に横になっても、木の階段がちょっとでもきしむ音がすると、目が覚めてしまう。

夏になった。ルイーズは近所の少年たちと出歩くようになっていた。小さな徒党を組み、毎日、考えうる限りの方法で時間をつぶしていた。ベルヴィルの坂を走って下りたり、駄菓子屋の菓子を手づかみでとってはポケットに隠したり、ハトやネズミに小石を投げつけたり、ビュット・ショーモン公園に行き、渓谷の木陰で午後を過ごしたりするのが日課だった。八月のある日、道の舗装さえ溶けだしそうな暑さだったので、照りつける日差しにうんざりし、ルイーズは仲間たちと池に行った。同じことを考えた人は少なくないようで、緑あふれる公園は、木陰と涼を求めてやってきた近隣住民でいっぱいだった。人気のない場所で服を脱ぐと、ルイーズたちは下着姿で水に入った。水浴びは楽しかった、つかの間とはいえ、熱気も夏の気怠さも思春期の不安も忘れることができた。

夕方まで池で過ごし岸に戻ると、叔父が木の陰から、こっそりこちらを見ているのに気づいた。

いったいいつから叔父はそこにいたのだろう。仲間たちは叔父のことを知らない。とつぜん、叔父の厚ぼったいじっとりと湿った手がルイーズの腕をつかんだ。叔父は、彼女を恥知らずとののしり、全身を揺さぶった。友人たちが怯えた目を向けるなか、叔父はルイーズを引きずるようにして家に連れ帰った。服のボタンはかろうじて留めたものの、濡れた黒髪は胸元に落ち、透けたシュミーズ越しに乳房が見えていた。アパルトマンに入るなり、叔父は彼女を夫婦の寝室に連れてゆき、ベッドに押し倒した。

「こんなふうに世間に身体をさらしたら、どんなことになるか、思い知るがいい」

寝台に投げ出されたルイーズの目に、叔父が革ベルトをはずすのが見えた。きっと、あのベルトで打たれるだけですむだろう。痛いだろうけれど、外傷ならばまだ耐えられる。だが、叔父はベルトを床に投げ捨てた。ルイーズは叫んだ。

「やめて。おじさん、やめて」

ルイーズは立ち上がったが、頰を打たれて再びベッドに倒れこんだ。叔父は膝をついて彼女を押さえ込むと、下着をはぎ取り、裸の脚を開かせ、自分のズボンのボタンをはずした。

ルイーズは叫び続けたが、叔父は彼女を手籠めにした。叔母が帰宅し、その姿を目にした瞬間も彼女は叫んでいた。ルイーズは叔母に向かって手を伸ばした。

「おばさん、助けて！　助けて！」

叔父はさっさと身を起こした。叔母が駆け寄る。

「ひどい！　けだもの！　出てけ！　今夜はもう帰ってくるな！」

叔父は大急ぎでズボンをあげ、シャツをはおり、出て行った。解放されたことに安堵し、ルイーズはシーツや自分の局部に赤い鮮血が滴っているのにも気づいていない。だが、次の瞬間、こんどは叔母が彼女にのしかかってきたかと思うと、強く頬を打った。

「いやらしい。あんたが色目を使うからこんなことになるんだよ。ほら、見て。シーツまで汚して。さっさと起きて、シーツを洗ってきなさい」

ルイーズは何が何だかわからず、叔母を見つめ返した。そこにもう一発平手打ちが飛ぶ。彼女は、ようやく起き上がり、叔母の言うとおりにした。

叔父は翌日になって帰ってきた。まるですべて忘れてしまったかのように、日常が戻ってきた。だが、ルイーズの身体は、中二階にあがり、自分のベッドで横になるたびにわずかながら痙攣するようになってしまった。自分ではどうすることもできない。叔母から皿洗いや家事を命じられるとやっとの思いで降りていく。だが、下に降りたとたん、吐いてしまう。叔母は金切り声を上げ、ルイーズは失神する。そんなふうにして四、五日が過ぎた。毎日、狭い部屋に響き渡る悲鳴に業を煮やし、ある晩、下の階の住人が叔母夫婦の家のドアをノックした。叔母は怒りに真っ赤になったままドアを開ける。そのとき、階下の住人が目にしたのは、吐瀉物に顔をつっこんだまま床にうつぶせに転がり、身体を激しく震わせながら、頭をそらせ、足をばたばたさせているルイーズの姿だった。階下の住人はそのままルイーズを抱き上げ、妻とともに、サルペトリエール精神病院に運んだ。以来、彼女はここにいる。三年前からずっと。

ごくたまに、入院のいきさつを尋ねられると、彼女はこんなふうに簡単に説明する。「おじさんにやられたことより、おばさんに叱られたことのほうがつらかった」。

病院のなかでも、ルイーズは特に頻繁かつ、深刻な発作を起こす患者だった。オーギュスティーヌと同じ症状だ。オーギュスティーヌはかつてここに入院していた患者であり、シャルコーが公開講義に登場させたことで、一躍パリの有名人となった。ルイーズもほとんど毎週のように、痙攣と硬直に襲われ、身をよじり、暴れたり、気を失ったりする。ときには、ベッドに座ったまま、恍惚(こうこつ)の表情を浮かべ、手を天に向かって伸ばし、神様や架空の恋人に話しかけることもある。シャルコーが彼女に興味をもち、公開講義が成功し、皆の注目を浴びたことで、ルイーズは自分こそが第二のオーギュスティーヌになるのだと信じるようになった。そう考えると、気分がよくなり、幽閉生活も過去のこともそれほどつらくなくなってきた。それに、三か月ほど前からは、ジュールと仲良くなった。若き研修医が彼女を愛し、彼女も彼を愛している。彼と結婚し、ここから出ていくのだ。もう恐れることはない。もうすぐ治るし、ようやく幸せになれると彼女は信じていた。

ジュヌヴィエーヴは共同寝室のきちんと整列したベッドのあいだを歩き、秩序と静寂が守られているか監視していた。ちょうどそのとき、ルイーズが部屋に戻ってきた。ジュヌヴィエーヴにもう少し愛情があれば、ルイーズの怯えた目や、彼女が腰のあたりで両手を握りしめ緊張していることに気がつくことができたかもしれない。

「ルイーズ？　どこに行っていたの？」

「食堂にブローチを忘れたみたいだから、見に行ってきたの」

「ひとりで動きまわるのは禁止。誰があなたに許可したのかしら」

「私が許したんだよ。ジュヌヴィエーヴ。怒らないでやってよ」

ジュヌヴィエーヴは声の主、テレーズを振り返った。テレーズは編み物の手を止め、穏やかな顔でジュヌヴィエーヴを見ている。ジュヌヴィエーヴは厳しい顔で言う。

「テレーズ、何度も言いましたよね。あなたは患者であって、職員ではないでしょう」

「若い職員より私のほうがよっぽどこの病院の規則を知っている。ルイーズが席をはずしたのなんて、ほんの三分あるかないかさ。ねえ、そうだよね、ルイーズ？」

「ええ」

古株のジュヌヴィエーヴもテレーズにだけは反論できない。ふたりはもう二十年間も病院の壁のなかで顔をつきあわせてきた。どんなに時間が経ってもふたりが親密になることはない。患者と打ち解けるなど、ジュヌヴィエーヴには考えられないことだった。それでも、狭い病院内に暮らし、精神的な試練を乗り越えてきたことで、ジュヌヴィエーヴと元娼婦のテレーズとの間には、敬愛の念と暗黙の了解が生まれていた。言葉にすることはなくても、存在を認め合い、わかり合えることがある。どちらも自分の立場を理解し、役割を心得ていた。テレーズは患者たちの母親的存在であり、ジュヌヴィエーヴは若き看護婦の指導役だった。ふたりが話し合い、うまくことを収めたのも一度や二度ではない。テレーズは、周囲の患者に目を配り、ジュヌヴィエーヴの心配をなだめることもあったし、不穏な行動をする患者がいればジュヌヴィエーヴに知らせたりもした。一方のジュヌヴィエーヴは、テレーズにシャルコー医師の昇格や病院外のできごとなどを伝えるようになっていた。そもそもテレーズはジュヌヴィエーヴにとって、ただひとり、ふと気がつくと病院以外のことまで話していることがある相手だったのだ。夏の日中は木陰で、にわか雨の午後には共同寝室の片隅で、古参患者と主任看護婦は、ついに親しくなる機会のなかった男たちのこと、もつことのない子供のこと、信じることのできない神というもの、確実にやってくる死について遠慮がちに語り合った。

ルイーズがテレーズの横にやってきた。目は足元のブーツを見たままだ。

「ありがとう、テレーズ」

「あの研修医とつきあうのはやめたほうがいい。あいつ、目つきが悪いもの」

「彼と結婚するの」

「プロポーズされたのかい？」

「彼、来月半ば、四旬節中日の舞踏会のときに、結婚を申し込むつもりだわ」

「あらまあ」

「みんなの前で。お客さんたちみんなの前で、プロポーズしてくれるはず」

「ねえ、あんな男が約束を守ると思うの？　かわいそうなルイーズ。男なんてね、ほしいものを手に入れるためにでまかせを言うんだよ」

「テレーズ、彼は私を愛しているの」

「患者を好きになるひとなんていない」

「あなたひがんでるのね。私がお医者さまの奥さんになるからって」

ルイーズは立ち上がった。胸が高鳴り、頬は紅潮していた。

「私はここを出ていくの。パリで暮らすの。子供だって産むわ。あなたと違ってね！」

「夢を見るのは危険なことだよ。特に、それが他人にしかかなえられない夢の時にはね」

ルイーズは今聞いた言葉を忘れようとするかのように頭を振り、踵を返す。そして自分のベッドに横になると毛布を頭の上までひっぱりあげた。

4　一八八五年二月二十五日

寝室のドアを誰かがノックした。長い髪を胸の片側に垂らし、ベッドで本を読んでいたウジェニーは両手をあわせるように本を閉じ、枕の下に隠した。

「どうぞ」

ドアが開き、使用人が顔を見せた。

「ウジェニーさま、コーヒーをお持ちしました」

「ありがとう、ルイ。そこに置いてくださいな」

使用人はじゅうたんのうえを静かに歩き、オイルランプの横のナイトテーブルに銀のトレーを置いた。コーヒーポットからは湯気が出ている。熱いコーヒーのまろやかでやわらかい香りが部屋に広がる。

「ほかになにかご入用ですか」

「いいえ、もう休んでいいわよ」

「お嬢様もあまり夜更かしなさらないほうがよろしいかと」

ルイの姿がドアの向こうに消え、音を立てずにドアが閉まった。起きているのはウジェニーだけだ。ウジェニーはコーヒーをカップにそそぎ、枕の下から本を引っ張り出す。四日前から、ウジェニーは毎晩皆が寝静まるのを待ち、あの衝撃的な本を読んでいた。とてもではないが、昼のうちに居間で静かに読めるような本ではない。カフェで読むにも、人目が気になる。表紙を見ただけで、母は動揺するだろうし、世間からも後ろ指さされるに決まっているからだ。


あの日の外出はどうやら父にばれずにすみ、ウジェニーは、フォションの息子に話を聞いて以来、忘れられなくなってしまった著者について、お粗末な討論会の翌日からすぐに調べ始めた。成果のないまま近所の本屋を何軒かまわったところで、あの本はサン・ジャック通り四十二番地のレイマリ書店でしか買えないものだと教えられた。

ルイに馬車で送ってもらうわけにもいかず、ウジェニーは時間がかかっても、ひとりでその書店まで行くことにした。黒いブーツで歩道に残る雪を踏みながら歩く。寒さのなかを急ぎ足で進むうちに頬が染まり、肌がひりひりしてきた。大通りに出ると、冷たい風が吹きつけ思わず頭を低くする。行き方は近所の本屋で聞いていた。マドレーヌ教会に沿って進み、コンコルド広場を横切り、サンジェルマン大通りをソルボンヌ大学の方へと歩く。街は雪で白く染まり、セーヌ川は凍っていた。雪道をゆっくりと走る四輪馬車では、前席に座る御者がコートの襟に半ば顔を埋めている。セーヌ川沿いのブキニスト（露天の古本屋）は歩道の反対側のビストロに交代で行くなどして、寒さをしのいでいた。ウジェニーはできる限り早足で歩いた。手袋をはめた手で厚いコートの前を寄せ、少しでも風が入らないようにする。コルセットが苦しかった。遠出することになるとわかっていたら、コルセットなんてつけてこなかったのに。コルセットは、魅力的な体つきに見せるため、女性たちを動けなくするのが目的であり、自由を奪うものなのだ。知的な活動を禁じるだけは気が済まず、肉体の自由まで奪うとは！　こうした制限を押しつけるなんて、男性は女性を軽蔑するというより、怖がっているのかもしれない。

ウジェニーは小さな本屋のなかに入った。室内の温かさが彼女を包み込み、寒さで重くなっていた足が楽になったような気がした。頬が燃えるようだった。店の奥では二人の男性が紙の束に見入っている。片方は四十代、こちらが店主だろう。もうひとりは額の禿げあがった年配の男で、白いひげをたっぷりとたくわえ、厚みのあるエレガントな服装をしている。二人ともウジェニーに気がつき、挨拶をしてきた。

一見したところ、ありふれた本屋のようだった。書棚には、古い希少本もあれば、新刊書もある。ウジェニーは、黄ばんだ古紙と日に焼けた本棚の木材が醸し出す匂いをなによりも愛していた。そして、並んだ本をひとつひとつ見ていくうちに、この本屋がほかとは違うことがわかってくる。ふつうなら小説や詩集、エッセイが並ぶような場所に、心理学やオカルト系の書物、占星学や秘教主義、神秘主義、心霊学の本が並んでいるのだ。いずれも、そこらの人とは無縁の境地まで深く研究してきた学者たちの著作ばかりだ。そこに踏み出すのにはなかなか勇気がいる。皆が歩いてきた道を離れ、豊かで魅力的な別世界、闇のなかに隠されているが、どこかに確実に存在する世界へと踏み出すことだからだ。その本屋は世間では相手にされない真実を映し出す場所、禁断の魅力にあふれた場所だった。

「マドモワゼル、なにかお探しですか」

二人の男性が店の奥からこちらを見ている。

「『霊の書』はありますか」

「ああ、ここにありますよ」

ウジェニーは男たちに歩み寄った。年配の男が、白く太い眉毛の下で目を細め、好奇心と親密さをこめたまなざしでウジェニーを見た。

「初めてですか？」

「ええ、そうです」

「この本は、どなたかに薦められて？」

「いいえ。正直に言いますと、若い教養ある方たちがこの著者をけなしているのを耳にしました。それで読んでみたくなったんです」

「ああ、友人が喜びそうな話だ」

言葉の意味がわからないまま、ウジェニーは彼を見た。男は自分の胸に手をあてて、言葉を続けた。

「私は店主兼、編集人のピエール＝ガータン・レイマリといいます。著者のアラン・カルデックは友人だったんですよ」

レイマリはウジェニーの瞳にある黒い点に目をとめ、一瞬驚いた後、微笑んだ。

「この本を読めば、いろいろなことがおわかりになると思いますよ」

ウジェニーは動揺したまま、本屋をあとにした。不思議な場所だった。まるで書物の内容が書店全体に不思議な力を及ぼしているかのようだった。そこにいた男たちも、彼女がふだん街で行き交う人たちとはまったく違っていた。まなざしが違うのだ。敵対心も狂信的な感じもなく、やさしい気配りが感じられる。あの人たちは、皆が知らないことまで知っているように見えた。レイマリは彼女を注意深く見つめ、それが何かはわからないものの、彼女に何かを感じとっていたようだ。ウジェニーはすっかり狼狽し、それ以上は深く考えないことにした。

ウジェニーはコートの下に本を隠し、来た時と同じ道を逆方向に歩き出した。


部屋の柱時計は夜中の三時を指していた。コーヒーポットはすでに空だった。カップの底にはまだ少しだけコーヒーが残っていた。ウジェニーは読み終えたばかりの本を閉じたものの、両手に抱えたまま、しばらく動けなかった。部屋は静かなのに、時計の秒針の音も聞こえなければ、寒さのせいで腕に鳥肌がたっているのも気にならない。奇妙な瞬間だった。これまで考えていた世界、親しんできた確実なものが突然崩壊し、新しい考えが、別の世界を見せてくれる。これまでは間違った角度からものごとを見ていた。だが、別の角度、もっと早くからこう見るべきだった角度が存在していたのだ。数日前に聞いたレイマリの言葉がよみがえる。「この本を読めば、いろいろなことたがおわかりになると思いますよ」。そして、「おまえに見えるものを怖がる必要はない」と語った祖父の言葉も思い出していた。だが、こんなに突拍子もない、不条理なことを怖がらずにいられようか。こんなの、心のうちに何か問題があるからだという以外に説明がつかないではないか。死者が見えるのは、きっと私が異常者だからなのだ。ふつうの医者には治せず、サルペトリエール精神病院に連れていかれてしまう。誰かに話せば、すぐに入院させられてしまう。ウジェニーは手に持った本を見つめた。この本に出会うまで七年もかかった。七年間、ずっとひとりぼっちで、自分だけがへんなのだと思ってきた。彼女にとっては、この本に書かれた一語一句が大きな意味をもっていた。肉体が死んでも魂は残る。天国も無も存在しない。祖父が彼女を見守ってくれたように、肉体から離れた魂は、人々を守り、導いている。そして、こうした死者の声を聞き、姿を見ることができる人間もいる。ウジェニーのように。確かに、書物も教義も、絶対的な真実を明確に示してくれるわけではない。解明しようとする熱意こそ感じられるものの、その説明を受け入れるか、受け入れないかは読者にまかせられている。当然、人は具体的な証拠を求めようとする。

ウジェニーはキリスト教の教えに納得していなかった。神が存在する可能性は否定しない。でも、抽象的な存在よりも、自分を信じたい。永遠に続く天国や地獄があるというのも受け入れられなかった。この世を生きることはすでに辛苦であり、死んだあとまでつらい思いをするなんて、不条理なうえに、あんまりだと思ったのだ。でも、この本に書いてあることには納得がいく。魂が存在し、死者の魂が生きている人たちと親密な関係にあるというのは、ありえない話ではない。この世に存在する意義は、精神的な成長のためだという考え方も納得できる。ウジェニーは、肉体が死んでも

「何か」が残るといわれてむしろ安心したし、それなら生も死も怖くないと思うようになった。今までの常識がこんなふうにひっくり返るのは初めての経験だったが、彼女は本当の意味で、心の底から安堵した。

ようやく自分の能力について納得することができたのだ。

それから数日間は、落ち着いた気持ちで過ごすことができた。家族もウジェニーの穏やかな様子に驚いていた。食事時にいさかいが起こることもない。親たちはこの変化をほほえましく思っていた。彼女がこれまでになく物静かにしているので、ようやく大人になり、お嫁に行く年齢になったことを受け入れたのだろうと素直に信じていたのだ。だが、誰にも言えない秘密を抱えたことで、彼女はようやく本気で心を決めた。もうここにいてはいけないと思ったのだ。霊の存在を信じる仲間たちと親しくなりたい。彼らとならやっていける。未来へつながる道は、そこにある。表面上は何も悟られないようにしてきたが、こうした心境の変化によって彼女は、これからのこと、次になすべきことを考えるようになっていた。

春になったら、この家を出よう。

「ウジェニー、この頃おとなしいわね」

祖母は枕に頭をのせ、ベッドに横になっている。ウジェニーは弱った身体に毛布を掛けなおしてやった。

「おばあさまもうれしいでしょう。私のせいでパパが不機嫌になることがなくなって」

「思いつめた顔をしているわね。好きな男の子でもできたの？」

「安心して。私が考えているのは殿方のことじゃありません。寝る前にハーブティーをもう一杯飲む？」

「いいえ。ねえ、ウジェニー、そこに座って」

ウジェニーはベッドの端に座った。祖母は彼女の手を両手で包みこむ。オイルランプの光に照らされ、ふたりの姿や家具の形が影絵や陰影法のように壁に映し出されていた。

「あなた何か悩みごとがあるんでしょう。私に話してみない？」

「悩みなんてないわ。幸せよ」

ウジェニーは祖母に微笑みかけた。ここ数日、祖母だけには打ち明けようかとも思った。祖母ならば聞いてくれそうだったし、変人扱いせずに彼女の言葉を受け止めてくれるかもしれない。ウジェニーは読後の興奮に突き動かされていた。自分の能力について誰かに話したかった。これまで見たこと、感じてきたことを誰かと共有したかった。沈黙がつらくなっていたところに、悩みも喜びも打ち明けられる相手が声をかけてくれたのだ。だが、彼女は躊躇した。たまたま母が通りかかって、打ち明け話を聞いてしまうかもしれない。祖母がその本を読みたいと言い出し、不注意からほかのひとに見られてしまうかもしれない。ウジェニーは家族を信用していなかった。いつかはすべて祖母に話そう。でも、それはこの家を出ていくときにしよう。

部屋には香水の匂いがしていた。祖母のそばに腰かけたとき、それが誰の匂いか思い出した。イチジクをベースにした樹木系の香水、子供のころ、祖父に抱っこされたとき、シャツから香っていた匂いだ。ウジェニーの呼吸が緩慢になっていく。いつものように倦怠感が徐々に四肢に広がっていく。ひと息ごとに力が失われていくような気がする。ウジェニーは何かがのしかかってくるような重みに耐えかね、目をつぶった。そして再び目を開くと、祖父がそこにいた。彼女の正面、閉じた扉を背に立っている。すぐ横で驚いた顔で彼女を見ている祖母の姿と同じぐらいに、はっきりと細部まで見えた。後ろに撫でつけた白い髪、頬のしわ、額、いつも親指と人差し指の間にはさんで先端をカールさせていた白い口ひげ、シャツの襟もとにのぞくスカーフ、ブルーグレーのカシミアのカーディガン、長い足をぼかし模様のスボンで包み、愛用の紫のフロックコートを着ている。祖父はじっと動かない。

「ウジェニー、どうしたの？」

祖母が声をかけるが、彼女には聞こえない。頭のなかに祖父の声が聞こえていた。

〝ペンダントは盗まれたわけじゃない。タンスのなかにある。一番下、右側の引き出しの下にある。それを彼女に教えてやってくれ〟

ウジェニーは揺さぶられたように感じ、祖母のほうに顔を向けた。立ち上がった祖母が、おぼつかない手つきでウジェニーの両腕をつかんでいた。

「どうしたの。神様のお告げでもあったというの？」

「ペンダント」

「何ですって？」

「おばあさまのペンダントよ」

ウジェニーは立ち上がると、オイルランプをつかみ、どっしりとした紫檀（したん）材のタンスの前に立った。床に膝をつき、六段ある重たい引き出しをひとつひとつ引き抜いて、床にそっと重ねる。祖母は立ち上がり、肩のショールを引き寄せていた。身じろぎもせず、タンスの前に跪く孫娘を見守っている。

「ウジェニー、なにがあったの？　どうして急にペンダントの話を？」

引き出しはすべて抜き終えた。ウジェニーは底の部分に手を突っ込み、右下をさぐった。何もないと思った次の瞬間、指先が穴の存在をとらえた。手が入るほど大きくはないが、小さなものが落ちる可能性はありそうなぐらいの穴だ。古く傷んだ横板を手でさわり、叩いてみると、なかは空洞のようだ。

「この下ね。ルイに針金をもってこさせて」

「ウジェニー、どうしたというの」

「おばあさま、おねがい。言うとおりにして」

祖母はいぶかしげにウジェニーの顔を眺めていたが、その後部屋を出て行った。ウジェニーの目に、もう祖父の姿は見えなかった。だが、まだそこにいることはわかっている。香水の匂いがタンスのほうに移動している。すぐそばにいるのだ。

〝ウジェニー、おばあちゃんに話してごらん〟

ウジェニーは目を閉じた。体が重い。祖母とルイが足音を立てぬよう気をつけながら部屋に入ってきた。静かに扉を閉める。ルイは何も言わず、ウジェニーに針金を差し出した。ウジェニーが動き出す。巻いてあった針金を伸ばし、先端を鉤状に曲げて、木材の穴に差し込む。その下にはもう一枚さらに厚い板がある。二枚の板のあいだの空間に一センチずつそっと針金を這わせていく。

ついに手ごたえがあった。注意深く針金に力を入れ、板と平行にした状態のまま、先端をひねる。鉤の先が鎖のようなものをとらえた。心臓が早鐘を打つ。狙いをさだめ、針金の角度を調整しながら、石のまわりをさぐり、留め具の部分を引っ掛ければ、何とかなる。この石がきっとペンダントの宝石部分だろう。何度か試すうちに、なにかが引っ掛かかった感触があった。そのままそっと針金を引き出す。針金の先端には、繊細な金鎖が絡みつき、暗闇から光のもとに引き出されたペンダントヘッドが金地に銀メッキされた輝きを見せていた。ウジェニーが宝石を祖母に差し出す。夫が亡くなって以来、感じたこともないほどの衝撃を受けたのだろう。祖母は両手を口にあて、嗚咽をこらえるのがやっとだった。


祖父母が出会ったその日、十八歳だった祖父は十六歳だった祖母に結婚を申し込んだ。まだ婚約指輪も用意していないというのに、彼は約束をかたちにしようと、彼の家で代々引き継がれてきた宝石を少女に贈ったのだった。金地に銀のペンダントヘッドには、夜空のような濃紺の下地にパールの縁取りがついている。中央部のメダルには水瓶をもち、川から水をくむ女性の姿が彫られていた。裏側はガラスケースになっており、ブロンドの髪が一房おさめられている。

祖母はこれを毎朝かならず身に着けていた。夫にもらった日からずっと、結婚式の日も、一人息子が生まれても、孫たちが生まれても。だが、最後に生まれた孫のウジェニーはこのペンダントにェ強く惹かれ、小さな手でこれをつかんでは引っ張ろうとした。祖母は、壊されないように、ウジェニーがある程度成長するまで、このペンダントをタンスの最下段の引き出しにしまっておくことにした。当時、家族はすでにこのオスマン通りのアパルトマンに住んでいた。夫と息子は公証人として働き、彼女と息子の妻が孫の世話をしていた。ある日の午後、祖母と母がテオフィルとウジェニーを連れてモンソー公園に行っている間に、新入りの使用人が、このブルジョワ一家の持っていた銀器、時計、宝石、価値が低いものまで宝飾品めいたものを一切合切、持ち去ってしまった。夕方、帰宅した祖母たちは、盗難の形跡を見つけ、震え上がった。タンスの引き出しにあったはずのペンダントもなくなっていた。てっきりほかのものと一緒に盗まれたと思い、祖母は一週間泣いて過ごした。その後何年も、彼女はことあるごとにこのペンダントを惜しんでいた。その悲しみは、夫が先に亡くなったことで、さらに深まった。あれは単なる宝飾品ではなかった。人生の伴侶から最初にもらった愛の証だったのだ。

だが、そのペンダントが今、目の前にある。自室のタンスの二重底の間に放置されていたのだ。十九年前、泥棒は必死だった。今にも家人が帰ってくるのではないかと怯え、大急ぎで戸棚を開け、手あたり次第につかんでは布袋に投げ込み、部屋から部屋へと移動した。寝室に入り、一番下の引き出しを乱暴に開けた際に、衝撃で引き出しの奥にあったペンダントが飛び出て、さらに二重底の上の板の穴へと転がり落ちてしまった。そしてそのままになっていたのである。

街は静まりかえっていた。寝室では、ルイがウジェニーを手伝い、重い引き出しをもとに戻していた。ふたりとも無言だった。祖母はベッドに座ったまま、ペンダントを手にしては眺め、撫でている。

最後の引き出しを戻すと、ルイとウジェニーは立ち上がった。

「ルイ、ありがとう」

「おやすみなさいませ。大奥様、お嬢様」

ルイはそっと出ていった。彼は泥棒騒動の数日後からクレリ家で働き始めたのだった。最初から信頼関係があったわけではない。数か月にわたり、クレリ家の家族は新しい使用人がまた同じようなことをするのではないかと、その一挙一動に目を光らせていた。数か月が数年になり、ルイは残った。控えめで、忠実、余計なことは言わない、見ない。人に仕えることが天分の人間がいるとブルジョワ層に思わせてしまうような出来た使用人だったのである。

ウジェニーは祖母の横に腰かけた。祖父の匂いは消えていた。もういなくなったのかと思ったが、身体が重いところをみると、まだ近くにいるのだろう。たいていの場合、霊が消えるとウジェニーの体は軽くなる。まるで、霊たちが彼女から借りた体力を、もとに戻してから消えていくかのようなのだ。だが、この晩、彼女はまだ肩に重みを感じ、ベッドに座っていても、両手で背板につかまっていなければならないほどだった。

両隣の部屋では家族が寝ている。幸い、引き出しを動かした音で、家人が目覚めた気配はなかった。

じっとペンダントに見入っていた祖母が大きく息を吐くと、意を決してしゃべりだした。

「どうやってわかったの？」

「何となくそんな気がしたの」

「ウジェニー、嘘はやめて」

　ウジェニーは祖母の顔に怒りが浮かぶのを見て驚いた。いつもおっとりとやさし気な顔しか見たことがなかっただけになおさらだ。しかも、その顔はウジェニーの父に似ていた。父の母である祖母に、父とまったく同じ、責めるような表情、その場で一刀両断にされそうな厳しい感情が浮かんでいた。

「もう何年も前から見ていたのよ。何も言わずにきた。でも、見ていればわかる。あなたには、そこにないものが見えるのね。肩越しになにかささやかれたみたいに、急に動かなくなるんですもの。さっきもそうだった。固まったように動かなくなって、それから急に何かに取り憑かれたみたいに家具をひっくり返して、私が二十年前に失くしてから、ずっと嘆き続けていたペンダントを見つけ出してくれた。『そんな気がした』で済む話じゃないでしょう」

「だって、そうとしか言いようがないんですもの」

「本当は、なにか特別な力があるんでしょう。この家であなたのことをいちばんちゃんと見ているのは私よ。あなただってわかっているんでしょう」

　ウジェニーはうつむいた。思わず、薄紫色のウールのクレープ地のスカートを握りしめていた。香水の匂いが戻ってくる。祖父は、室内の空気が落ち着きを取り戻すまで、ちょっと席をはずしていたのだろうか。どうやら、話の流れを受けて戻ってきたようだ。今は、ウジェニーの右側に座っている。すらりとした細身のシルエットが、すぐ横、肩がふれそうな近さにある。ベッドの端に座っている脚も、膝のうえに置かれた、しわだらけの細長い手もはっきりと見える。ウジェニーはあえて振り返ろうとはしなかった。こんなに近くに祖父が現れたのは初めてだった。

〝おばあちゃんに私のことを話しなさい〟

ウジェニーは、まだ迷いながらもうなずき、手でスカートを握りしめた。この先どうなるのか怖かった。何が入っているのかを知らないまま、箱のふたを開けるような気持ちだった。打ち明け話というより、懺悔を強いられているような心地がした。祖母は正直に話すことを求めているが、まさかその内容まで想像してはいないだろう。だが、正直に話さない限り、解放してもらえそうもない。では、何と答えればいいのか。真実を打ち明けるのか、作り話で逃げようか。嘘も方便というではないか。嘘か、本当のことを言うか、どちらかを選べばいいという単純なものではない。その結果どうなるかも考えなければ。たぶん、沈黙をつらぬき、祖母との関係を壊してしまうことになっても、家族に本当のことを知られるよりはましだろう。何よりも、騒ぎを起こしたくないというのが本音だった。

だが、ウジェニーは疲れていた。自分の見たものを否定し続けていた日々が彼女に重くのしかかっていた。つい最近、あの本で知ったことについてもうれしかった半面、当惑していた。その晩、ペンダントが見つかり、祖母が強引に迫り、彼女は疲れていた。それが理由だった。ウジェニーは祖母を見つめ、深呼吸をしてやっとの思いで言った。

「おじいちゃんがいるの」

「どういうこと？」

「信じられないと思うけど。おじいちゃんがそこにいるの。私の右隣に座っている。想像じゃないの。香水の匂いもするし、おばあさまの姿と同じくらいはっきりとおじいちゃんが見えるの。頭のなかに声も聞こえるわ。おじいちゃんがペンダントのことを話してくれたの。おじいちゃんはおばあさまのこと見守っているって。そう伝えてって」

祖母はめまいがして、後ろに倒れそうになった。ウジェニーは祖母の両手をつかみ、揺り起こすと、じっとその目をのぞきこんだ。

「本当のことを言えというから言ったわ。十二歳のときから私には見えるの。おじいちゃんも、ほかの人も。死んだ人の姿がね。パパが私を入院させるんじゃないかと心配で、このことは誰にも言わないできた。今夜、初めておばあさまに話したのは、おばあさまが私を愛してくれて、信頼してくれるからよ。私にはなにか力があるって言ってくれたでしょう。私の様子がへんだったときがあるでしょう、それは私に誰かが見えていたからなの。苦しいわけじゃないし、病気でもない。だって、私だけじゃないんですって。私以外にもそういうものが見える人はいるのよ」

「でも、どうして、どうして、そんなことが可能だと？」

祖母の頼りない手を握ったまま、ウジェニーは跪いた。不安は去った。今や彼女は堂々と話していた。希望と明るい気持ちがわいてきて、彼女の顔には微笑みが浮かんでいた。

「つい最近、本を読んだの。素晴らしい本よ。それでぜんぶわかったの。霊の存在は、物語のなかだけではなく、すぐ近くにあるのよ。霊媒（れいばい）となる人たちの存在だとか、ほかにもね。神様がなぜ私にそういう能力を与えたのかはわからない。もう何年もこのことは秘密にしてきたの。でも、その本を読んでわかった。私は頭がおかしいわけじゃない。ねえ、おばあさま。信じてくれる？」

祖母は表情を失っていた。たった今聞いたことが受け入れられずに茫然としているのか、それとも孫娘を抱きしめようとしているのか。ウジェニーのほうでもしゃべり終えた途端、居心地が悪くなった。真実を話してよかったのかどうか、判断がつきかねていたのだ。正直に話したものの、気持ちの昂（たかぶ）りはすぐに消え、後悔が襲ってきた。言わなければよかった。気持ちが急（せ）いてしまった。信用しすぎた。後悔のあまり、もう二度と話すまいと心に誓いかけた。

だが、その瞬間、ウジェニーの前には、自分に向かってかがみこみ、両腕を広げる祖母の姿があった。ウジェニーの頬に押しつけられた祖母の顔は涙で濡れていた。

「ああ、ウジェニー、あなたにはほかの人と違う何かがあるとずっと前から思っていたのよ」

二月の終わりはそのまま何事もなく過ぎた。あの晩以来、ウジェニーも祖母もその話題にはふれようとしなかった。あの会話はあの夜だけのもの、口に出すと本当になってしまう、現実になってしまうから二度とふれてはならないと、ふたりとも思っているようだった。ウジェニーにしてみれば、言葉にしてほっとしたものの、何とも言えない困惑がつきまとっていた。自分でも説明できない。だが、祖母の様子に変わったところはなかった。態度もまなざしもこれまでと同じだ。毎晩、ウジェニーが祖母のベッドを整える習慣も変わらなかったし、何も問われることはなかった。ウジェニーは祖母があれこれ聞き出そうとしないことに、むしろ驚いていた。祖父の霊についてもっと根掘り葉掘り聞かれると思っていた。祖母だって夫と話したいことがあるだろうし、祖父の言葉を聞きたがるだろうと想像していたのだ。だが、そんな気配はなかった。わざと無関心を装っているかのようだ。祖母はこれ以上、「あっちの世界」については聞きたくないと思っているのかもしれない。

三月になった。広いサロンにも朝日が差し込んでいた。家具の光沢ある木材や、鮮やかな色のタペストリー、壁の絵画の装飾的な額縁までもがやさしい春の日差しを浴び、命を取り戻したかのようだった。パリの雪もほとんどが融け、公園の芝生や側道わきにわずかに残るのみとなっていた。街全体が軽やかな雰囲気になり、人々も広い空と大通りを背景に明るい表情を浮かべている。いつもは厳格なクレリ氏でさえ今朝は上機嫌だった。

「せっかく晴れたのだからムードン（パリ南西、郊外にある高級住宅地）へ行こう。ちょうどあちらに用事があるんだ。テオフィル、どうだね？」

「ええ、そうですね」

「ウジェニー、おまえも来るかい？」

親しげに呼びかけられたことに驚き、ウジェニーはコーヒーカップから顔をあげた。家族は朝食の卓を囲んでいた。母は黙ってパンにバターを塗っている。祖母は、サブレを齧（かじ）り、紅茶を飲んでいた。父はオムレツを食べている。テオフィルだけが朝食に手をつけていない。テオフィルは冷めたコーヒーカップに目を落とし、膝に手を置いたまま、歯をくいしばっていた。テオフィルの後ろにある窓からは陽光がふりそそぎ、彼の赤い巻き毛をさらに赤く見せていた。

ウジェニーはいぶかしげな顔で父を見た。外出時に同行するのはテオフィルの役目であり、父が娘を誘うなんて、めったにないことだった。だが、その日、テーブルの向こうから父は穏やかな顔で彼女のほうを見ていた。このところ反抗的な態度をとることがなくなっていたので、父も機嫌がいいのかもしれない。ようやく思いどおりにおとなしくなってくれたので、娘にも声をかけてやろうというのだろうか。

「ウジェニー、外を歩くのは気持ちがいいぞ」

向かいに座った祖母もうなずいている。祖母は人差し指と親指で陶器のカップの持ち手をつかみ、紅茶を飲んでいた。ウジェニーは今日こそ、レイマリの店を再訪するつもりだった。本の整理やルヴュ・スピリット誌の編集に手伝いを雇うつもりはないか、聞いてみるつもりだった。この家を出るきっかけになるのなら、掃除係でもいい。だが、書店に行くのは明日にしよう。オカルト系の書店にどうしても今日行かねばならないとは言えなかったし、どう考えても、父の提案を拒絶することはできなかった。

「ええ、パパ、ご一緒するわ」

ウジェニーはコーヒーをもう一口飲んだ。父の上機嫌は意外だったが、うれしい気持ちもあった。

ウジェニーは、自分のすぐ右横で母が頬に伝う涙をナプキンの端でぬぐっていたことに気づかなかったのだ。

馬車はセーヌ川沿いを進んだ。石畳を踏む蹄鉄の音が規則正しく響く。馬車の窓からは、通りをゆく人たちのシルクハットや花飾りのついた帽子が見える。厚いコートに身を包み、セーヌの河畔や橋を歩く恋人たちの姿もあった。ウジェニーは窓越しに、活気を取り戻したパリの街を眺めた。気持ちは穏やかだった。青灰色の屋根のうえに広がる晴れた空、父や兄と一緒の思いがけない外出に心をときめかせ、左岸にある書店から始まるだろう新しい生活への希望を感じながら、彼女は馬車に揺られていた。ようやく誰にも命令されることなく、自分の居場所を見つけることができたのだ。この小さな勝利が彼女を興奮させ、またどこかほっとする気持ちにもさせていた。この勝利は誰にも言えない。顔に出すこともない。これは誰とも共有できない彼女だけのものなのだ。

窓の外を眺めていたウジェニーは右横に座る兄がつらそうにしていることに気づいていなかった。テオフィルもまた反対側の窓から外を見ていた。窓の外を風景が流れ、徐々に目的地が近づいてくる。左側の窓をパリ市庁舎が通り過ぎた。正面にサン・ルイ島が見える。シュリー橋を渡った馬車は植物園、野生動物のいる動物園の柵に沿って進む。そして、到着した。テオフィルは握りしめたこぶしを口にあて、向かいに座る父を見た。ふたりの子供を前に、父は、両足の間にまっすぐに立てた杖の持ち手を握り、うつむいたままだった。息子が何か言いたげにこちらを見ていることに気づいてはいた。だが、父は何も応えなかった。

ウジェニーが物思いに沈むことなく、周囲に目を配っていたら、家を出て以来、何の会話もなく、狭い馬車のなかに満ちていた重苦しい空気を感じていたことだろう。兄の暗い顔や、父のこわばった表情を見て、ただ単にパリの外に出かけるだけでこんなに緊張するなんておかしいと思ったことだろう。そして、またルイがいつもとは違う道を選んだことにも気づいていたに違いない。いつもならリュクサンブール公園沿いに南下するのに、この日は植物園から病院(オピタル)通りのほうに向かったのだから。

とつぜん馬車が止まり、ウジェニーはわれに返った。父と兄に目をやると、ふたりとも、いつもとはちがう深刻で不安そうな目をしている。彼女が言葉を発する前に、父が口を開いた。

「さあ、降りるんだ」

当惑したまま、ウジェニーは兄に続いて馬車を降りた。地に足をつけ、目を上げると目の前にどっしりと威圧的な門があった。門の正面、二本の石柱の間にアーチ状の入り口が見える。上部の石には「自由、平等、博愛」とあり、中央部分には、白地に黒く太い文字で「サルペトリエール精神病院」とある。アーチ状の門の奥には、石畳の道が続き、その先には、黒い荘厳なドーム屋根を冠したさらに巨大な建物が、まわりの空間すべてを呑み込んでしまいそうな雰囲気で鎮座している。

ウジェニーは吐き気がしてきた。踵を返す間もなく、父の手が彼女の腕をつかんだ。

「もう決めたことだ」

「パパ、どうして」

「おばあさまが、ぜんぶ話してくれた」

ウジェニーはめまいがした。これ以上、立っていられない。そのとき、もうひとつの手が、父よりもやさしい兄の手が、彼女の反対側の腕をつかんだ。ウジェニーは兄の顔を見上げ、何か言おうとしたが、言葉にならない。父は穏やかな顔で彼女を見つめていた。その穏やかさこそが、ウジェニーには、ふだんの癇癪以上に恐ろしかった。

「おばあさまを責めちゃいけない。秘密を自分の胸にとどめておけなかったんだ」

「本当のことを言っただけなの。本当に」

「本当か嘘かなんてどうでもいい。おまえがおばあさまに話したことは、我が家では許されないことなんだ」

「お願い。それなら家から追い出して。イギリスにでも行かせて。ううん、どこでもいい。でも、ここだけはいや」

「おまえはクレリ家の娘だ。どこへ行こうと家名がついてまわる。名前に瑕をつけないようにするにはこれしか方法がないんだ」

「パパ！」

「いいかげんにしろ」

ウジェニーは怯えた目で兄を見た。兄の顔は赤毛の髪の下で、これまでになく色を失っていた。口を一文字に結び、妹のほうを見ようともしない。

「テオフィル……」

「ごめん、ウジェニー」

門の下に立ち尽くす兄の向こうにルイの姿が見えた。ルイは御者席に座り、うつむいたまま、何も見まいとしているようだった。父と兄は、ウジェニーを敷地内に引きずり込もうとする。ウジェニーは必死に抵抗したが、無力だった。力で勝てるはずはないと自分でもわかっていた。もう無理だ。立っていることさえ難しい。父と兄の手に力が入り、彼女を強く引く。最後の抵抗として、ウジェニーは両手で父と兄の上着をつかんだ。その声はすでに希望を失い、弱々しいものだった。

「ここはいや。おねがい。たす……けて」

あとはもうされるがままだった。石畳のうえ、ブーツの足を引きずるようにして、正門をくぐり、落葉した並木道を進んでいく。頭はがっくりと後ろに垂れ、遠出のためにかぶってきた花飾りの帽子が地面に落ちた。見上げた青い空からは太陽の光がふりそそぎ、彼女の頬をやさしく撫でていた。

5　一八八五年三月四日

塀のなか、病院内の共同寝室にはお祭り気分が広がっていた。衣装が届いたのだ。ベッドの間の通路はいつになくにぎやかだった。興奮し、声をあげ、寝室の入り口に押し寄せて開封されたばかりの箱に群がる。布に手をつっこんだり、フリルをさわったり、指先でレースを撫でたり、色とりどりの布にうっとりし、好みのものを手にしようと押し合いへしあいになる。すでに選んだ服を着て歩き回り、くすくす笑ったり、大声で笑ったり。そこはもはや精神病院というより、夜会のためのドレスを選ぶ女性たちの居室のようだった。毎年おなじみのにぎわいだ。四旬節中日の舞踏会、パリの住人たちが「狂女たちの舞踏会」と呼ぶ夜会は、三月の一大行事、いや年に一度のお祭りだった。皆、数週間前から、それればかり考えている。患者たちは化粧やオーケストラ、ワルツ、光、意味ありげなまなざし、ときめき、拍手を夢見る。舞踏会のときだけここを訪れる人たちのことをあれこれと想像する。パリのエリートたちは女性患者を間近で見ようとやってくる。患者たちも数時間とはいえ、注目を浴びることに満足する。舞踏会の二、三週間前には衣装が届き、期待が一挙に高まる。心身ともに脆弱で不安定な状態にある患者たちには刺激が強すぎるかと思われたが、毎年、この時期になると発作は減るのである。退屈な病院での日々にようやく気晴らしの機会がやってくるのだ。つくろったり、プリーツに直しを入れたり、靴を試し、自分に合うサイズを探し、手を貸しあってドレスを身にまとう。ベッドの間をパレードのように歩き、鏡をのぞき込んで髪を直し、アクセサリーを貸しあう。こうして舞踏会の準備をしている間は、共同寝室の隅に座り込んだ老女や、ベッドから出られないうつ状態にある者やお祭り騒ぎに入れない無気力な者、自分好みの服を見つけられず不機嫌な者たちの存在など眼中にない。そしてまた、困りごとや身体の痛み、動かない手足、自分たちをここに連れてきて置き去りにした肉親、顔も思い出せない子供たちのことも考えないですんだ。誰かの泣き言や、失禁の臭い、叫び声や冷たいタイルの床や、いつまでも続く待ち時間のことも。仮装舞踏会のことを考えれば、身体も落ち着くし、心も穏やかになる。期待に胸を膨らませることとは、将来への希望をもつことだった。

白衣姿の看護婦たちは、共同寝室の狂騒とは無縁だった。彼女たちはまるでチェスの白い駒のようにタイル張りの床を前後左右、時に斜めに動き回り、患者たちがはめをはずしすぎないように注意しているのだ。ジュヌヴィエーヴは、クイーンのように背筋を伸ばし、一歩退いたところから、衣装選びを監視していた。

「マダム・ジュヌヴィエーヴ？」

ジュヌヴィエーヴが振り返ると、すぐ後ろにカミーユの姿があった。またただ。赤褐色の髪は櫛(くし)で梳(す)いてやらねばならないほどぼさぼさだった。それに、もう少し厚着させたほうがいいだろう。薄手の寝間着一枚しか着ていない。ジュヌヴィエーヴは拒絶のしるしに指を立てた。

「だめですよ。カミーユ」

「エーテルを少し、少しだけ。お願いします」

カミーユの手は震えていた。発作の際にエーテルをかがせたところ、それ以来、彼女はのべつまくなしにエーテルを求めるようになってしまった。発作があまりにもひどく、ほかに方法がなかったのでエーテルを使用したのだが、研修医が処方した量が、ちょっと多すぎたようだ。カミーユはその後五日間、吐き気と失神に苦しんだのだが、ようやく治った途端、自分からエーテルを求めるようになった。

「このあいだ、ルイーズにはエーテルを使ったじゃないですか。私にもお願いしますよ」

「あれは発作のときでしょう」

「私もまた発作を起こしました。だから、ください」

「今度の発作はすぐに収まったんだから、必要ありません」

「じゃあ、クロロホルムを少しだけ。お願い、お願いです」

そこへ研修医が急ぎ足で廊下から駆けつけた。

「マダム・ジュヌヴィエーヴ、受付まですぐ来てください」

「行かなくちゃ。さあ、カミーユ、あっちへ行って衣装を選んでらっしゃい」

「どれもいやなの」

「じゃあ、しようがないわね」

病院の受付に行くと、二人の研修医が気絶したウジェニーの身体を支えていた。その横では、患者の父と兄が初めて見る建物の内部をちらちらと眺め、観察している。まず目を引くのは、小さめのエントランスよりも、たった今ジュヌヴィエーヴがやってきた長い廊下のほうだろう。エントランスの正面から深く長く、どこまでも続く廊下は巨大なトンネルのようであり、そこに呑み込まれたら最後、どこか知らないところに連れていかれそうだ。丸天井に足音が反響する。遠くからは女性の泣き声も聞こえてくるが、皆、聞こえないふりをしている。無関心なのではない。怖いからだ。

ウジェニーを支えていた研修医のひとりが、ジュヌヴィエーヴに声をかける。

「共同寝室に連れていきますか」

「いいえ。騒がしすぎるわ。いつものあの部屋に連れていって」

「はい」

テオフィルは動かなかった。彼の目は気絶した妹の身体を見ていた。つい先ほどは、父の勢いに負け、気絶させるほど強く妹を引きずってしまった。その妹の身体が今、見知らぬ人の手で、このどこまでも続く廊下を運ばれ、活気のない病院の反対側の端へと去っていく。研修医の歩みにあわせ、がっくりと後ろに垂れさがった頭が褐色の髪とともに左右に揺れる。ほんの一時間前には、皆と一緒に穏やかに朝食の卓を囲んでいたのに。まさか、午前中のうちに病院に連れていかれ、そこらの狂女と一緒にされるなんて想像もしていなかったことだろう。妹、ウジェニー・クレリがこんな目にあうなんて。仲良しの兄妹ではなかった。それでも、テオフィルは愛情といわぬまでも、妹を大事にしてきた。その妹が、布袋のように雑に扱われ、実の家族に裏切られ、家から引き離された上に、こんなひどい場所、パリの真ん中にある女性たちにとって地獄のようなところに連れてこられてしまった。その姿にテオフィルはこれまで感じたことのない衝撃を受けた。とつぜん、胃に痙攣を覚え、テオフィルは父を残したまま走り去った。父は当惑しながらも、ジュヌヴィエーヴに手を差し出した。

「父のフランソワ・クレリです。何があったのかはわかりませんが、息子の失礼をお許しくださ い」

「ジュヌヴィエーヴ・グレーズと申します。こちらへどうぞ」

質素な事務所に通され、フランソワ・クレリは腰を下ろし、書類に署名した。脱いだシルクハットはテーブルに置かれている。ひとつしかない窓はもう何年も前から閉ざされているが、ガラス越しに陽光がふりそそいでいた。部屋を横切る配管のくぼみ、窓から床に至るまで、あちこちに埃がたまっている。書類や紙でいっぱいの机や棚の下にも白や灰色の毛玉が転がっていた。腐りかけた木材の匂いや湿り気が部屋じゅうに漂っていた。

「私どもにお嬢さんをどうしてほしいというのでしょうか」

ジュヌヴィエーヴはクレリ氏の正面に座り、まさに今、娘を入院させようとしている男を見た。書類に必要事項を記入していたクレリ氏の手が止まる。

「正直に申し上げて、娘が完治するとは思っておりません。ああいうオカルト的な妄想は治るものではないでしょう」

「お嬢さんは、今までに発作を起こしたことはありますか。発熱、失神、筋肉の拘縮などは？」

「いいえ、娘は健康です。ただ申し上げましたとおり、娘は死者の姿が見えるというのです。しかも何年も前から」

「嘘をついている可能性は？」

「娘にはいろいろ欠点もありますが、嘘をつく子ではありません」

　クレリ氏の手が汗で湿っていることにジュヌヴィエーヴは気がついた。クレリ氏はペンを紙の上に置き、腕を机の下にすべらせるとズボンの生地で手の汗をぬぐった。スーツのボタンもきつそうだ。白髪混じりの口ひげの下で唇が震えている。名のある、いつも冷静な公証人の彼が、気を抜くと醜態をさらしそうになるほど取り乱すのは珍しいことだった。病院のなかでは誰もが素顔をさらす。娘や妻、母親を入院させようとする男たちは皆そうだった。ジュヌヴィエーヴはこれまでそんな男たちを数えきれないほど見てきた。工場労働者、花屋、教師、薬剤師、商売人、父、兄弟、夫。サルペトリエール精神病院に入院患者が多いのは、彼らが女たちを厄介払いしようとしたせいだ。確かに、女性が女性を連れて来ることもないわけではない。実母よりも義母に連れてこられる場合が多く、伯母に連れられてきた患者もいる。だが、大方の患者は、身内の男性に連れてこられていた。一番かわいそうなのは彼女たちだ。夫も父も、誰も助けてくれる者もなく、もう誰からも気遣ってもらえない。

　だが、その日、いかにもブルジョワ然としたクレリ氏を前に、ジュヌヴィエーヴは驚いていた。たいていの場合、ブルジョワの家は妻や娘を入院させることを避けようとする。もっとも、彼らが入院を避けるのは、それが非人道的だからでもなければ、当人の意志を無視して入院させてはいけないと思っているからでもない。ただ精神病院への入院をサロンで話題にされ、家名に瑕がつくのを恐れてのことだった。ブルジョワの家では、名目上治療のためと称しながらも、身内の恥を隠し、異常者を自宅の一室に幽閉することが多かった。公証人が自分の娘をサルペトリエール精神病院に連れてくるのは、珍しいことだった。

クレリ氏は署名した書類をジュヌヴィエーヴに差し出した。ジュヌヴィエーヴは書類に目を通し、クレリ氏を見つめる。

「質問してもよろしいですか」

「どうぞ」

「治る見込みがないのならば、なぜお嬢さんを入院させようとするのでしょう。ここは監獄ではありません。患者を治療するところです」

公証人は考え込んだ。やがて立ち上がると、断固とした態度で帽子をかぶる。

「死者と会話するなんて、悪魔憑きとしか考えられません。そんなものが家にいることには耐えられないのです。わたくしには、もう娘など存在しないのです」

クレリ氏はジュヌヴィエーヴに頭を下げ、部屋から出て行った。

静かな病院の庭にも夕暮れが訪れていた。散策者に女性が多いということ以外、パリのほかの公園と大した違いはない。冬になると、患者たちは厚いウールのコートやフードのついたマントを着て、舗装された道をひとり、もしくは二人連れで、ゆっくり淡々と歩く。寒さに指がかじかんでも、外に出られる日は貴重なのだ。晴れた日には、芝生や木の葉が輝き、命を感じさせる。患者たちは草のうえに服のまま転がり、目を閉じて顔を太陽に向けたり、鳩にパンくずを投げたりする。鳩たちを汚いからと嫌がり、樹木の根元にひとりで立ち、共同寝室では口にできなかった言葉を吐き出す者もいる。監視員が見守るなか、女たちは内緒話をし、慰めあい、手や唇やうなじにキスをし、顔や胸や足にふれあい、鳥のさえずりを聞き、ここを出られたときはああしよう、こうしようと約束を交わす。入院は一時的なもの、こんなところに一生いるわけがない。そんなのありえない。いつかきっと、黒い鉄柵状の門が開き、また以前のようにパリの街を歩ける日がくるはず……。

並木道の近くでは、古い礼拝堂が庭と散策者たちを見下ろしている。幅も高さもある礼拝堂は、ほかの建物と向きあうように建てられている。礼拝堂の小鐘楼のついた黒いドーム状の屋根は敷地内のどこにいても目に入った。並木道を曲がったときに見えたり、緑の木立の向こうにのぞいていたり、窓の向こうにあったり、まるであとをついてきているかのように、荘厳でどっしりとした石造りの礼拝堂は、懺悔やミサの記憶を秘めて、気がつくとそこにいる。

ジュヌヴィエーヴは、赤い木製の扉の向こうにある礼拝堂のなかに入ったことがなかった。別棟に行くために中庭を横切り、礼拝堂の石の壁に沿って歩く時も、祈りの場所にはまったく関心を示さなかった。いや、ときに軽蔑すらしていた。子供の頃はカトリック信者だった。日曜日になると無理やり教会に連れていかれ、いやいやながらに祈禱の言葉を暗唱した。思い出す限り、教会に関するものは何もかも彼女にとって恐怖だった。木製の固い椅子も、十字架のうえにあるキリストの遺骸も、無理やり舌に載せられるホスチアも、じっと頭を垂れて祈る信者たちも、粉薬のように処方される説教臭い言葉の数々も。皆がこの男の話に聞き入っているのは、彼がトック帽をかぶり、祭壇に立っているから。彼は村人たちを支配している。磔にされたキリストを悼み、父なる神に祈るが、天から人を裁くというその神は実在するのかどうかすらわからない。そんなのばからしい。不条理なことばかりで、彼女は無言のまま怒っていた。ブロンドの少女ジュヌヴィエーヴはある意味、大人びていたのだ。それでも彼女が反抗的な言葉を口にしなかったのは、父のためだった。父は、周辺の村の多くの人から尊敬を集めていた。その長女がミサに行かないとなれば、世間の目が許さない。田舎では、都会よりもさらに教会が大きな力をもっていたのである。村人全員が知り合いの村において、まわりと違う考えをもつこと、日曜日に教会に行かないことは難しかった。それに、妹のブランディーヌのこともあった。二歳年下のブランディーヌは、ほっそりとした身体、透けるような肌に赤い髪、まるで人形のような少女だった。そして、彼女はとても信心深かったのだ。口にこそ出さないものの姉が嫌がっていたものすべてに彼女は心酔していた。まるで、姉の分まで人一倍信心深くあろうとしているかのようだった。幼い頃から慈悲の心を示す妹の姿を目にし、ジュヌヴィエーヴは自身の抱える不信感を明かさずにおこうと心に誓った。ジュヌヴィエーヴは妹を愛していたからだ。自分にはできないことをなしとげているという意味で、妹の信仰心にも尊敬の念を抱いていた。もっと単純に神様を信じることができればよかったのに。ジュヌヴィエーヴは自分が周囲の人と違うことに苦しみ、口に出せない不満に疲弊していった。信心深いブランディーヌは、不思議なことに自分よりも大人に見え、彼女にならって改心しよう、信仰心を持とうと思いはしたが、どうしてもできなかった。神様なんていない。教会なんていんちきだ。神父は詐欺師だ。

　幼少時から抱いていた教会への不信感は、ブランディーヌが急死したことでさらに大きくなった。当時、ジュヌヴィエーヴは十八歳だった。父の往診に同行するうちに自然と自分は看護婦になろうと思うようになった。ジュヌヴィエーヴは背が高く、その足取りは自信に満ちていた。角張った顔は誇り高く、ブロンドの髪は毎日、高々とシニヨンに結い上げている。知性あふれるそのまなざしは、ときに父よりも早く正確にどんな病も診断することができた。実際、医者である父よりも彼女のほうに来てもらいたがる患者もいたくらいだ。彼女は家にあった医学書を読み、知識を身につけていった。ジュヌヴィエーヴは信仰をここに見出したのだ。医学は信仰だった。科学を崇拝していた。これこそが彼女の信念だった。きっと看護婦になる。でも、ここオーヴェルニュではだめだ。ジュヌヴィエーヴはパリにあこがれた。パリなら優秀な医者がいる。科学も進んでいる。だから、パリに行かなければならない。両親はすぐにはうんと言ってくれなかったが、彼女の野心を前に折れた。こうして彼女は全財産をはたき、パリにやってきた。だが、パリに着いて数か月後、父からブランディーヌの死を告げる手紙が届いた。「重い結核」が死因だという。ジュヌヴィエーヴの手から便箋が落ちる。今も住んでいる、あのパリの狭い屋根裏部屋で、彼女は気を失った。意識を取り戻すと、日はすでに暮れかかっていた。彼女はそのまま一晩じゅう泣き続けた。やはり神様なんていないのだ。もし神が存在し、この世に正義をもたらすならば、十六歳の熱心な信者を死なせ、神を拒絶し続けた不遜な姉を生かしておくはずなどない。

　それ以来、ジュヌヴィエーヴは患者の世話こそが自分の役割だと自認し、医学の進歩のためにできる限り尽力してきた。彼女は聖人よりも医者のほうが偉大だと思い、尊敬していた。医師たちのそば、とはいっても一歩下がった謙虚な立場から、必要不可欠な補助を続けることが彼女の使命なのだ。彼女の仕事ぶり、技術や知識の正確さはいつしか医者たちから一目置かれるようになっていた。サルペトリエール精神病院でも彼女の存在は評判になっていたのである。

ジュヌヴィエーヴは結婚しなかった。パリに来て二年目、若い医者からプロポーズされたが、彼女は断った。妹の死とともに、彼女は自分の一部を失っていた。生き残ってしまった罪悪感から、幸福な人生を受け入れられなくなってしまった。少なくとも自分の望んだ職業に就けたのだから、それ以上は高望みというものだろう。妹は妻にも母にもなれなかった。ジュヌヴィエーヴは自分ばかり結婚し子供をもつことなどできないと思いこんでしまった。

ジュヌヴィエーヴは、隔離室の鍵を開けた。暗く寒い小部屋で、ウジェニーは、こちらに背を向け、ベッドわきの椅子に座っていた。細い褐色の髪を背中に垂らし、胸の前で腕を組んでいる。身動きもせず、部屋の隅をじっと見たままだ。扉が開いても身じろぎもしない。ジュヌヴィエーヴは、新入り患者が何を考えているのかわからず、しばらくその姿を見つめていた。それから持っていたお盆をベッドに置く。お盆にはパン二切れとスープが載っていた。

「ウジェニー、夕食よ」

ウジェニーは動かない。ジュヌヴィエーヴは歩み寄ろうとして躊躇し、そのまま部屋を出るほうが賢明だと判断した。

「今夜はここで寝てください。明日の朝食は食堂でとりましょう。私はジュヌヴィエーヴ。このセクションの主任看護婦です」

ジュヌヴィエーヴが名乗ると、ウジェニーは初めて振り返った。隈（くま）のできた黒い大きな目がジュヌヴィエーヴを見つめ、静かな笑みを浮かべた。

「ご親切にありがとうございます」

「自分がここにいる理由はわかっている？」

ウジェニーは、かたくなに部屋に入ろうとはしないブロンドのシニヨンの女性をじっと見た。しばらく考え、足元に目を落とす。

「祖母を責めるつもりはないんです。結局、思いがけないかたちで祖母は私を解放してくれたわけですから。もう隠す必要はなくなりました。今はもう、私がどういう人間か、みんな知っているんですものね」

ジュヌヴィエーヴはドアノブに手をかけたまま、患者の顔を見た。こんなふうに理路整然としっかり話す患者は今までいなかった。ウジェニーはとつぜん倦怠感に襲われたかのように、胸の前で腕を曲げ、軽く前のめりになった。そして次の瞬間、ジュヌヴィエーヴのほうに顔を向けた。

「ここに長居するつもりはありません」

「それは自分で決められることではないのよ」

「ええ。でも、あなたなら。あなたは手を貸してくれるでしょう？」

「えっ？　まあ、とにかく明日迎えにきますから……」

「ブランディーヌっていうのね、あなたの妹さん」

ドアノブを持つジュヌヴィエーヴの手に力が入った。数秒間、動けなくなった後、ようやく止めていた息を吐いた。患者を前にしてジュヌヴィエーヴは穏やかな顔で彼女を見ている。疲れた顔には、静かな笑みが宿っていた。ウジェニーは穏やかな顔で彼女を見ている。

のお嬢さん風の服を着たウジェニーが、とつぜん、魔女のように見えてきた。人を惹きつける魅力的な外貌と、悪意に満ちた異常な内面。昔話の魔女は、きっと、褐色の髪のこの女のような姿をしていたに違いない。

「お黙りなさい」

「赤毛なのね。妹さん」

ウジェニーは暗い部屋のなかで何か別のものを見ているようだった。ジュヌヴィエーヴのすぐ後ろをじっと見ている。ジュヌヴィエーヴの身体を電気のようなものが走り抜けた。寒い時のように胸が震え、やがて上半身全体、腕までもがたがたと震え始める。無意識のうちに本能がそうさせたのか、足が勝手に部屋の外へと向かい、震える手がたどたどしくドアの鍵を閉める。誰もいない廊下で数歩後退りした次の瞬間、もう立っていられなくなり、ジュヌヴィエーヴは冷たいタイルの床に崩れ落ちた。

ジュヌヴィエーヴが帰宅すると時計は夜九時を指していた。小さな部屋は闇に沈んでいる。室内をゆっくりと歩きながら、ただ手を動かしてコートを脱ぎ、椅子の背にかけ、ベッドに腰を下ろす。

ベッドがきしむ。また倒れそうな気がして、思わず両手でマットレスの端を握りしめる。

いったいどのくらいの時間、廊下に倒れていたのか自分でもわからない。後ろに倒れながら彼女は閉めたばかりのドアを茫然と眺めていた。怖かった。この扉の向こうに何か説明しがたい陰湿なものが存在していた。そこで起こったことは明確に説明できるものではない。恐怖に打ちのめされ、冷静に考えることができなくなっていた。それでも、ウジェニーの顔が目に焼きついていた。人を惹きつけ、内に秘めた悪をまったく感じさせないあの顔。新入りは、彼女にいっぱいくわせたのだ。実に巧妙に仕掛けてきた。からかわれたのだ。いったいどんなからくりがあったのかは見抜けなかった。それでも、あの患者の秘密を暴いてやりたいとジュヌヴィエーヴは思った。ウジェニーは、彼女が担当するどの入院患者よりも危険な存在だった。ほかの患者たちは、あわれな狂女にすぎず、ただ精神に混乱をきたしているだけであり、根は善良な者たちなのだ。それに比べ、ウジェニーには狡猾で世間を斜めに見るところがある。この二つが重なると危険なのだ。

ようやく立ち上がるだけの気力を取り戻すと、ジュヌヴィエーヴはおぼつかない足取りで、すでに静まりかえった病院を出て、大通りを北上した。右に曲がり、家々の屋根のうえに突き出たパンテオンのドームを眺めながら、にぎやかな酒場の並ぶ道を抜け、植物園に沿って歩く。植物園には動物園が併設されていたが、草食動物は、パリ・コミューンの混乱期に、飢えたパリ市民に食べられてしまった。だから、もうかれこれ十年以上、公園の柵の向こうから動物の鳴き声が漏れ聞こえてくることはないのだ。植物園を過ぎると、石畳の路地を抜け、パンテオンの裏に出る。パンテオンの建物をぐるりとまわりこむとようやく自分のアパルトマンに着く。

病院の白衣のまま、ジュヌヴィエーヴはベッドに寝そべり、足をぶらぶらさせていた。身体が重い。心も乱れていた。どんなに自分をなだめようとしても、いつもとは違うなにか濃厚なものが部屋に漂っていた。こんなふうに感情にふりまわされるなんて初めてだった。たとえ心が乱れることがあっても、いつもなら、なぜ乱れているのかをきちんと分析することができた。妹が死んだとき、その後、母が亡くなったときは悲しみに沈んだ。あの日、妹の面影を重ねていた患者に首を絞められたときも、裏切られたという思いと悲しみがあった。でも、その晩、彼女は自分の感情に名前をつけることができなかった。あの部屋でウジェニーと向き合っていたら、息が苦しくなった。そうだ。ウジェニーの言葉は訳がわからないながらも、知らない場所、いつもと違う危険な場所へとつながる扉のように思えた。デカルト式の合理主義、科学的な論理性を信じてきたジュヌヴィエーヴにとって、「死者と話す」とはどういうことなのか、想像すらつかない。もう考えるのはやめよう。今夜のことは忘れたかった。まもなくジュヌヴィエーヴは眠りに落ちた。ストーブをつけ部屋を暖めることすらせず、そのまま眠ってしまったのだ。

ふと目が覚めるとすでに深夜だった。反射的に身を起こすと、壁にもたれたまま座り込んだ。心臓が止まりそうだった。部屋のなかがぼんやりと見える。誰かが彼女の肩にふれた。誰かの手が伸び、彼女の肩にふれたのだ。はっきりと感じた。目が闇に慣れてくると、家具や影や天井が少しずつ見えてきた。誰もいない。ドアには鍵がかかっていた。でも、彼女は感じたのだ。

ジュヌヴィエーヴは片手で顔にふれてみた。目をつむり、呼吸を整えようとする。窓の外、街は静まりかえっている。建物のなかも静かだ。時計は午前二時を指していた。ジュヌヴィエーヴはベッドを降り、ショールをはおると、オイルランプをつけて文机の前に座った。便箋をつかみ、ペン先をインクに浸すと急いで書き始める。

パリ　一八八五年三月五日

親愛なる妹へ

とり急ぎ伝えたいことがあってこれを書いています。今、午前二時。あの時、もしかすると私は眠っていたのかも……。いえ、私は眠ってなんていませんでした。夢だということにしておきたかっただけ。あまりにも生々しい感覚だったので、とても幻とは思えません。いったい何の話かと思うでしょうね。今日あったことをどんなふうに説明すればいいのか、自分でもわからないのです。もう夜遅いのですが、まだ当惑していて考えをきちんとまとめることができません。

この手紙が、私の混乱ぶりを伝え、もしかすると頭がおかしくなったのではないかと思わせるものだったとしても、許してくださいね。ゆっくり休んで、また明日、もっと詳しい話を書くことにします。

大好きな妹へ。

あなたの考えを尊重する姉より

ジュヌヴィエーヴはペンを置くと片手に便箋を持ち、明かりのもとで再読した。少し考え、椅子を引く。窓の外には、亜鉛板の屋根が連なり、煙突のシルエットが夜空に浮かんでいた。空は晴れており、月の光が街を照らしている。ジュヌヴィエーヴは窓を開けた。夜の冷気が顔に吹きかかる。窓から身を乗り出すようにして、ジュヌヴィエーヴは、目を閉じて深く息を吸い、大きく吐き出した。

6　一八八五年三月五日

鍵が開く音でウジェニーは目を覚ました。飛び起きて、ベッドの足元に座り直し、室内を眺めまわす。自分がどこにいるのか、すぐには思い出せなかった。ここは精神病院だ。家族に騙され、子供の頃から、ときに怯え、ときに敬いながらキスをしていた愛すべき人の手によって、ここに連れてこられたのだった。

ウジェニーは今にも開かれようとしている扉のほうを振り返った。首に痛みが走る。思わず顔をしかめながら、肩に手をやる。簡素なベッドには枕すらない。気持ちが昂ったまま夜を迎えたので、とうぜんのことながらぐっすり眠れるはずもなく、手足がこわばっていた。

部屋のドアが開き、女性の姿が現れた。

「ついてきなさい」

昨日の看護婦ではなかった。声が若く、強い命令口調で話す。ウジェニーは昨晩のジュヌヴィエーヴの様子を思い出していた。ジュヌヴィエーヴの厳格なたたずまいは、ウジェニーの父に似ていた。抑制がきき、感情を表に出さない。それでも違いはある。父の厳格さは、生まれながらの性格によるものだったが、ジュヌヴィエーヴの場合は後天的なものだった。もとからそういう性格だったのではなく、職務上そうなってしまったのだろう。ジュヌヴィエーヴの目を見ればわかる。妹のブランディーヌの名を耳にした瞬間、その目に浮かんだ表情は、苦しみに耐えてきたジュヌヴィエーヴの半生を物語っていた。ウジェニーにはそれがわかった。

まさかこんなにすぐに現れるとは予想もしていなかったし、こんな状況で現れるとは意外だった。ジュヌヴィエーヴが部屋に入ってきたとき、ウジェニーはベッドにもたれて座っていた。ジュヌヴィエーヴがドアを抜けたその瞬間、ウジェニーは彼女のそばにもうひとり誰かがいることに気づいた。見てほしい、聞いてほしいという意図があって出てきたかのようでもあった。ウジェニーはなすすべもなく倦怠感に襲われ、その存在の出現に応じるしかなかった。自分の部屋でもないこんな場所で、すでに恐怖で疲れ果てていただけに、拒否できるものなら拒否したかった。だが、彼女に選択肢はない。ジュヌヴィエーヴが自己紹介した、まさにその瞬間、ウジェニーはブランディーヌと向き合うことになった。ジュヌヴィエーヴのすぐ後ろ、暗がりのなかにブランディーヌが立っていた。こんなに若い人の霊を見たのは初めてだった。夢見るような表情、そしてテオフィルを思わせる赤い髪。ウジェニーがジュヌヴィエーヴの問いかけに答えるあいだ、ブランディーヌは無言だった。そして、とつぜん話しかけてきたのだ。

〝私は、彼女の妹、ブランディーヌといいます。姉に私のことを話して。きっと助けてくれるから〟

うつむいていたウジェニーは頭のなかでブランディーヌの声を聞き、笑いそうになった。何というめぐりあわせだろう。今朝、彼女の人生は自由な世界から幽閉状態へと大きく変化した。そして、ほとんど陽光の差し込まない壁のなか、父が彼女のこれからの人生をまるごと閉じ込めようとしたこの牢獄で午後を過ごした。そして、夜、新たな霊と出会い、助けてあげようと言われる。笑い話ではすまない。収拾のつかない感情があふれだし、神経質な高笑い、ついに気が狂ったかと思われそうな笑いがこみあげてきた。大声で笑うほどの体力が残っていなかったのはむしろ幸いだったかもしれない。それでも、顔には微笑みが浮かんでいた。この霊が、自分のためにやってきたのか、ジュヌヴィエーヴのために現れたのか。本当のところはわからない。それでも、ウジェニーは彼女に親しみを覚えた。どうせ、もう怖いものなどないのだ。これ以上に最悪の状態などありえない。だから、彼女は霊の言うとおりにしてみた。あっという間にジュヌヴィエーヴは崩れ落ちた。これまで他人の身に起こったあらゆる面倒ごと、苦しみ、痛みを見てきたが、自らを厳しく律し、決して心を乱さなかった彼女、何事にも動じないはずの彼女にとっては大きなショックだっただろう。まだ確信はないが、その傷が深かったからこそ、今まで誰もふれえなかった部分にふれたからこそ、彼女が味方になってくれる可能性は出てきた。

何としてでもここから出なくてはならない。ウジェニーはそれだけを考え続けていた。

ウジェニーは看護婦のあとについて共同寝室へ向かった。看護婦は、白い制服を着て、厚みのある体に黒いエプロンを巻いている。頭のうえには白い制帽を載せ、バレットで留めてある。帽子は、看護婦と患者を区別するために重要なのだ。誰もいない廊下にふたりの女の足音だけが響く。

アーチ形の窓に沿って進みながら、ウジェニーは窓の外に目をやった。病院というより小さな町のようだ。一見したところ、敷地内には、質素な邸宅のようにも見える薄紅色のレンガ造りの建物が並ぶ。建物の一、二階には上下に開閉する窓があり、そこから差し込む陽光が一階の廊下や、二階にある医局や検査室などの各室を照らしていた。三階に見える小さな四角い窓は隔離室だろうか。最上階を見ると、紺色の屋根に天窓がある。あそこからならば木々や別館の屋根が見下ろせることだろう。遠く、壁の向こうにある庭園とその並木道が見えるはずだ。そこを散歩する人たち、きちんとした身なりの女性たち、背中で手を組みながら議論するブルジョワ風の人たちの姿も見えるだろうか。彼らは病院のなかで何が起ころうと無関心だ。一方で、精神病患者たちに物見高い興味をもっている者もいる。大きな建物の一部はアーチ状にくりぬかれ、四輪馬車や乗合馬車が通り抜けられるようになっているため、時折、石畳を行く蹄の音が聞こえてくる。眺める角度によっては、連なる屋根の向こうから黒い大きないかめしいドーム屋根が顔を出し、人々を驚かせたり、不安にさせたりするのだった。

どこを見ても狂気の片鱗すら感じられなかった。サルペトリエール精神病院の並木道では人々が散歩し、出会い、徒歩や馬で過ぎていく。道や通路には名前がつけられ、中庭には花壇がある。おだやかな時間が流れており、こんなパビリオンの一室に住み、静かな時間を過ごすのも悪くないとさえ思える。牧歌的な光景を眺めていると、十七世紀からずっと、ここが苦しみの舞台となってきたことなど信じられそうもない。だが、ウジェニーはこの場所の歴史を知っていた。パリに住む女性にとって、ここパリの南東部にある病院は最悪の場所だったのだ。

　建物が完成した当初から、ここに入れられたのは特別な者たちだった。まず貧しい者、物乞いや流浪の民、浮浪者が、王の命令のもとここに集められた。やがて、放蕩女や娼婦、不良少女、あらゆる「罪深き女」たちがひとまとめに荷馬車に乗せられ、市中の厳しい目にさらされながらここに集められた。こうして彼女たちは大衆から断罪されたのだ。それから、どうしようもない狂女や、耄碌（もうろく）した老女、凶暴な女や異常者、痴呆、虚言癖のある女や陰謀家などが年齢を問わず連れてこられるようになった。ここは早々に叫び声や汚物であふれる場所となり、鎖や二重錠前が常用された。保養所と刑務所のどちらともつかぬ場所、パリ市がもてあました病人と女たちを収容する施設というわけだ。

　十八世紀になると、倫理的な配慮か、単に場所が足りなくなったのかはわからないが、神経系の不具合を抱えた女性だけがここに収容されるようになった。その後、この不吉な場所は一掃され、犯罪者は鉄の足かせをはずされ、ぎゅうぎゅう詰めだった牢屋も風通しがよくなった。バスティーユの襲撃事件は言うに及ばず、斬首刑と凶暴なまでに極端な政治が数年にわたりフランスを揺るがした時代のことだ。一七九二年、サンキュロット（急進的共和主義者の下層市民）はサルペトリエールの女性囚人の解放を要求、国民軍はそれに応じた。喜び勇んで街に飛び出した女性囚人たちは、人々に暴行され、路上で斧やこん棒、大槌で殴り殺された。牢屋にいようが、解放されようが、女たちに安全な居場所などなかったのである。女たちは常に本人の同意も求められず、真っ先に支配や管理の対象とされてきた。

十九世紀に入ると希望の光が差してきた。医師たちが、これまで「気ちがい女」と呼ばれてきた者たちを患者として真剣に考えるようになってきたのだ。これこそが医学の進歩であった。サルペトリエールは、神経症の治療と研究のための場所になった。患者たちは、症例別に仕分けされていった。ヒステリー、てんかん、うつ病、躁病、錯乱者。鎖やぼろ着はなくなり、患者の身体を使った実験が行われるようになった。卵巣の圧迫によるヒステリーの発作の抑制。膣から子宮へ熱した鉄棒を挿入することで、ヒステリー症状を軽減するという試みもあった。興奮状態にある少女たちを鎮めるため、亜硝酸アミル、エーテル、クロロホルムといった向精神薬も用いられた。麻痺した四肢に亜鉛や磁石などの金属刺激を与えることは実際に効果をあげたとされている。そして、十九世紀半ば、シャルコーがこの病院に赴任したことで、催眠療法は新たな医学の潮流となった。毎週金曜日の公開講義は大衆演劇の女優から客を奪い、女性患者はパリじゅうの注目を集めるようになる。オーギュスティーヌやブランシュ・ウィトマンの名が、時に嘲笑、時に猥雑な意味合いを含めてあちこちでささやかれるようになった。今や、狂女たちは性的な欲望をかきたてる存在なのである。彼女たちは矛盾する魅力を兼ね備えていた。人々を不安にさせる一方で惹きつけ、怖がらせると同時に誘惑する存在なのだ。催眠術にかかった患者が、静まりかえった聴衆を前にヒステリーの発作を起こすその瞬間、人々は神経の病を見ているというよりもエロティックで絶望的なダンスを鑑賞しているような気持ちになった。観衆は恐怖を忘れ、魅了される。こうして関心が高まるにつれ、ここ数年、四旬節中日の舞踏会は年に一度、ふだん病人しか入れない場所を訪れることができるまたとない機会となり、招待を受けた者は鼻高々となった。一晩だけ、患者たちは着飾り、ほんの少しとはいえパリ社交界の雰囲気を味わうのだ。まなざし、微笑み、愛撫、お世辞、約束、手助け、解放。彼女たちははかない希望を抱く。だが、よそから来た者たちは、頭のおかしい女、機能不全の肉体を珍しい動物のように眺める。そして、間近で見てきたことをその後何週間もあちこちで吹聴するのだ。

サルペトリエールの女たちは、人々がその存在を隠そうとする嫌われ者ではなくなった。だが、勝手に光の下に連れてこられ、見世物にされるようになってしまったのである。

ウジェニーは窓の前で足を止め、庭と落葉した木々を眺めた。牢屋の奥で背中を丸めた女乞食が手足の指をねずみにかじられていた時代は終わった。数百人の女囚が解放された途端、虐殺された時代もあった。夫以外の者と関係をもったという理由だけで姦通罪に問われ、収監された時代もあった。現在の病院は一見、平穏そうだ。だが、古い時代の女たちの亡霊はまだこの場所にいた。ここには、幽霊やうなり声、死体の記憶が積み重なっている。病院とは、たとえ健常な人が連れてこられても病気になってしまう場所だ。あちこちの窓から誰かがこちらを盗み見ているような気がする。病院では、誰もが他人を監視し、監視されている。

ウジェニーは目をつぶり、深呼吸した。なんとしてでも、ここを出なければ。

ウジェニーは共同寝室の朝の光景に驚いた。寝台のうえには布やレース、羽根やフリル、手袋やミトン、帽子、マンティーラ（スペイン風のレース編みショール）が散らばっていた。患者たちは昨夜の続きで忙しく、活発に動き回り、縫い物をしたり、プリーツをつくったりしていた。色とりどりの衣装で歩き回り、ドレスでくるくる回ってみせ、布切れを奪い合ったりしている。古ぼけた帽子をかぶって笑い声をあげる者、いいものが見つからないとがっかりする者もいた。ほんの数人、年配者やうつ症状の重い者だけは何の関心も示さず、ぼんやりと騒ぎを眺めている。その間にも、女たちは押し合いへし合い、歩き回り、踊り、ぶつかりあいながら自己流のワルツを踊る。興奮した女たちの甲高い声が絶え間なく響き渡り、聞いている方までおかしくなってしまいそうだ。ちょっと見た限りでは、病院の一室とは思えない。女性だけの楽園のようでさえあった。

「そこに座って」

看護婦がウジェニーにベッドを指し示す。ウジェニーは、この厳格な雰囲気の建物のなかでお祭り騒ぎを目にしたことに驚いていた。居心地が悪くなりながらも、仮装大会のような騒ぎのなかをうつむきがちに歩く。誰にも気づかれぬようにそっと進み、二つのベッドのあいだに身を収めると、壁にもたれて座り込んだ。共同寝室は広かった。患者たちは少なくとも百人ぐらいいそうだ。部屋の片側、庭に面した壁には上下式の開閉窓が並んでいる。寝室のそこここに看護婦が立ち、室内のお祭り騒ぎとは無縁の厳しい顔で患者たちを監視している。ウジェニーはしばらく呆気にとられていたが、やがて、ジュヌヴィエーヴがこちらを見ていることに気づいた。左奥に立ったジュヌヴィエーヴは、いかにも憎々し気に、ウジェニーを凝視していた。ウジェニーは視線をそらし、マットに足を載せる。居心地が悪い。何をしても見られている。あら捜しをするように一挙一動を観察し、何でもいいからふつうとは違う点を見つけ、収容されて当然の人物だと見なそうとしている。周囲では楽しそうな喧騒が巻き起こっていたが、それがつかの間の喜びにすぎないことはわかっていた。ちょっとしたきっかけですべてが崩れ落ち、集団ヒステリーへとつながりかねない。陽気さと不穏な緊張感が混在するなか、ウジェニーはますます居心地が悪くなってきた。最初は衣装や帽子に気をとられていたが、徐々に、硬直した腕やチックにひきつる顔、不安げな表情や、はしゃぎすぎの顔、ドレスの下に隠れている不自由な足、シーツの下で動けなくなっている身体が見えてきた。不快な臭いが漂っている。エタノールと汗と金属臭が混ざり合った匂いだ。窓を大きく開けて庭の緑陰から新鮮な空気を取り込みたくなる。ウジェニーは昨日の朝から着替えていないことに気づいた。家に帰り、顔を洗い、自分のベッドで眠れるのなら、何でもする。それができないとわかっているからこそ、目の前の光景は堪えた。慣れ親しんでいたものが、彼女の意志とはまったく関係なく、すべて奪われてしまった。しかももう二度と戻ることはない。ここから出られる日が来たとしても――方法はわからないし、いったい、いつになるのかもわからないけれど――父の家に戻ることは考えられなかった。これまでの人生、そして、本や服も、これまでの彼女をつくってきたもの、親しんできたものはすべて過去のものとなった。もう何もない。頼れる人も誰もいないのだ。

無意識のうちにシーツをきつく握りしめていた。うつむき、目を閉じると嗚咽がこみあげてくる。負けを認めたくなかった。少なくとも、今、看護婦たちの見ている前では。ジュヌヴィエーヴは、きっと泣き出した彼女を見て勝ち誇ったように隔離室行きを命じるだろう。

そのとき、あどけない声がして、ウジェニーは目を開けた。

「あなた、新入りなの？」

ルイーズがウジェニーに歩み寄ってきた。丸い顔に、うっすらと頬を紅潮させている。毎年、舞踏会が近づくと、ルイーズははしゃぎだす。三月のあいだはずっと血色もよく、明るい顔をしているが、それが終わるとまた一年暗い顔をして過ごす。まるで奇跡のように、この時期、ルイーズはヒステリーの発作を起こさない。ほかの患者たちもそうだ。

ルイーズはレースのついた赤いドレスを胸の前に当てている。

「私はルイーズっていうの。ここ座っていい？」

「どうぞ。私はウジェニーです。よろしく」

ウジェニーは咳ばらいをしてこみあげた嗚咽をまぎらわせた。ルイーズはウジェニーのベッドに腰を下ろし、微笑む。黒い巻き毛がたっぷりと滝のように肩に落ちている。あどけなく、やさしそうな顔、子供っぽいしぐさを見て、ウジェニーも警戒心をゆるめた。

「衣装はもう選んだ？　私はね、スペイン風のやつにしたの。必要なものはみんな揃っているわ。マンティーラでしょう。扇もイヤリングもある。ねえ、きれいでしょう」

「ええ、とても」

「あなたは？」

「私？」

「衣装のことよ」

「そんなのもっていないわ」

「じゃあ、いそがなきゃ。舞踏会まであと二週間しかないのよ」

「舞踏会ってなに？」

「四旬節中日の舞踏会よ。あなた、いつここに来たの？　すぐにわかるわ。本当にすてきなのよ。パリじゅうの紳士さんが私たちに会いに来るの。それにね、こっそり教えてあげる。誰にも言っちゃだめよ。舞踏会の晩にね、彼が私にプロポーズするの」

「まあ、そうなの」

「ジュールっていうの。彼は研修医なのよ。王子様みたいなひと。私、結婚するの。そして、ここを出て行くんだわ。もうすぐ、お医者さんの奥さんになるのよ」

「新入りさん、そんなたわごと真に受けちゃだめだよ」

ルイーズとウジェニーは同時に振り返った。隣のベッドではテレーズが静かにショールを編んでいる。ルイーズは不満げに立ち上がった。

「なにを言うの！　たわごとなんかじゃないわ。ジュールは私にプロポーズするの」

「ジュールの話は聞き飽きたよ。これ以上、うるさくしないで」

「あなたの編み針の音だって、耳に胼胝（たこ）ができそうよ。一日じゅう、『チック、チック、チック』って聞こえるんですからね。編み物のしすぎで指がさびちゃったんじゃないの？」

テレーズが噴き出す。気分を害したルイーズは向きを変え、立ち去っていった。

「かわいそうなルイーズ。ジュールに夢中なんだ。病気よりもたちが悪い。私はテレーズ。みんなからは編み物屋さんって呼ばれているけど、このあだ名はきらいでね。ばかみたいじゃないか」

「私はウジェニー」

「ええ、さっき聞こえた。いつここに？」

「昨日です」

テレーズはうなずいた。彼女のベッドにはいくつもの毛糸玉が転がり、編み上げたショールがていねいにたたまれている。肩にかけている黒く厚みのあるショールも自作のものだろう。その編み目は完璧なまでに揃っている。テレーズは五十代ぐらい。いやもしかすると、もう少し上かもしれない。額に巻いたスカーフからは、白髪混じりの髪がこぼれている。肉付きの良いやさしそうな体形、ぽっちゃりとしているが、聡明そうな顔つきから彼女はいかにも「肝っ玉母さん」のように見えた。なにが「ふつう」なのかは定かではないが、ほかの患者に比べるとテレーズは「ふつう」だった。ウジェニーが見る限り、テレーズに病的な兆候はなかった。

ウジェニーは厚ぼったいテレーズの手が器用に編み針を動かすのを見つめていた。

「あなたは？　あなたはいつからこちらに？」

「さあ、覚えてない。でも、二十年以上前だということは確かだね」

「二十年以上……」

「ええ、そうよ。でも、仕方がないの。ほら」

そう言うと彼女は編み物をわきに置き、カーディガンの袖を肩までまくりあげた。時を経て薄くなっているものの、腕の外側に刺青があった。緑色の矢に射られたハートマークに、「モモへ」と添えられている。テレーズは微笑む。

「こいつをセーヌに突き落としたの。でも、やつが悪いんだ。そもそもやつは死ななかったわけだし」
テレーズは刺青を隠すように袖を手首まで下ろした。何事もなかったかのように編み物を再開する。

「殺してやりたかった。誰も私を欲しがらなかった。みにくいし、足も不自由だし。酔っぱらった父に突き飛ばされて足を悪くしたんだ。もうだめだ、人生終わったようなもんだと思っていた。でもある日、モーリスに出会った。モモって呼んでたんだよ。彼は私を抱き、愛をささやいた。あっというまに私は娼婦にされていた。毎晩客をとった。稼ぎが少ないと平手打ちが飛んだ。でも、夢中だった。父が私にしたことに比べたら、大したことじゃない。それに、私はあいつを愛していたからね。そんなふうに十年過ぎた。毎晩、ピガールで客引きをした。なぐられなかった日はなかった。モモにやられたり、客にやられたり。でも、あいつに抱かれるとすべてを忘れた。そう、あの日、見てしまうまではね。私はモモがクローデットのとこに行くのを見てしまった。血の気が引いた。あんなに彼に尽くしてきたのに。やつが出てくるまで待った。そして、やつのあとを、ずっとつけて行った。気づかれないように距離をとりながらね。でも、コンコルド橋のところでもう我慢できなくなった。その背中に駆け寄り、突き落としてやった。あっさり落ちたわ。モモのやつ、まるで箒の柄(え)みたいに細かったからね」

テレーズは編み物の手をとめ、微笑みを浮かべてウジェニーを見た。耐え続けた挙げ句、諦念に至った日々が彼女に与えた冷ややかな笑みだった。

「その場で手錠をはめられたよ。さんざん文句を言ったものだけど、もうその話はしない。でも、やったことに後悔はない。ただね、もっと早くやればよかった、ぶたれたことはつらくなかった。ほかの女のために私を捨てたのが許せなかった」

「でも。二十年なんて。ここから出る機会はなかったのですか」

「出たいとは思わないもの」

「出たくないの？」

「ああ、そうさ。気の変な女たちに囲まれて過ごすここでの日々ほど穏やかなものはないもの。男たちは私をいたぶった。私の身体はぼろぼろさ。おしっこするだけで毎回、死にそうに痛い。左胸には大きな傷痕がある。包丁で切りかかってきたやつがいてね。でも、ここなら安全。女しかいない。若い娘さんたちにショールを編んでやる。いい気分だよ。外なんてもう二度とごめんさ。男にちんぽこがある限り、この世に不幸はなくならないよ」

　ウジェニーは顔を赤らめ、そっぽを向いた。こうしたあけすけなしゃべり方には慣れていなかった。話の内容よりもその話しぶりにいたたまれなくなってしまったのだ。彼女は真綿にくるまれた環境で育ち、どんなに親しい間柄でも、声をあげて笑うぐらいしか許されてこなかった。新聞やゾラの小説で読む以外に、貧しさやパリの裏事情を知らずに生きてきた。その彼女が今や、パリの裏町、つまり北側のモンマルトルの迷路やベルヴィルの坂道、手垢にまみれ、下町言葉が飛び交い、道の溝をネズミが走る世界を知る羽目になったのだ。大通りの仕立屋で採寸し縫い上げられた服を着ているウジェニーは、自分がブルジョワ階層であることを思い知らされた。シンプルなデザインながら、ウジェニーの装いは周囲の患者から浮いていた。ウジェニーはこの目立ちすぎる服を脱いでしまいたかった。

「私の話、驚かしちゃったかね？」

「あ、いいえ」

「ほら、そこ見てごらん。胸の前で手をあわせているおでぶちゃん、ローズ・アンリエットっていうんだけどね、あの子はブルジョワ家庭の女中をしてたんだ。ご主人さまにさんざんいたぶられて、耐えきれなくなったんだってさ。あっちのつま先立ちで歩いているのが、アンヌ・クロード。夫になぐられそうになって、階段から飛び降りたんだ。あの三つ編みで、腕が不自由なちびのヴァランティーヌは洗濯屋から出たところで、変態に襲われたのさ。まあ、みんながみんな男のせいでここにいるわけじゃないがね。そこにいる顔面麻痺のアグラエは、娘が死んだあと四階から身投げしたんだ。その向かいで身じろぎもしないエルシリーは犬に襲われたんだってさ。まったく口をきかないから、名前さえわからないやつも何人かいるよ。まあ、初日なんだから、これぐらいで充分だろう」

テレーズは編み物の手を止めぬままウジェニーを見た。テレーズの目から見て、ウジェニーに狂気は感じられなかった。もちろん、しばしば狂気は深いところに潜み、外見で判断できるものではないこともわかっていた。感じよく身だしなみのいい客が、個室でふたりきりになった途端、豹変して病的な要求をしてきたことがあったからだ。だが、男性と女性では大きく違う。心病む男性は他人を巻き込もうとするが、女性は自らを苛む。

この怯えているブルジョワ少女はほかの患者とは違う。確かにちょっと見ただけで、教養や育ちの良さが感じられ、周囲から浮いて見えるのは事実だが、それだけではないだろう。もっと深いところに違いがあるのだ。ジュヌヴィエーヴが彼女を部屋の反対側から執拗に見つめているのも、何か理由があってのことに違いない。

「で、あんたは？　誰に連れてこられたの？」

「父です」

テレーズは手を止め、編み物を膝に置いた。

「憲兵に連れてこられたほうがましだったね」

ウジェニーが応じる暇もなく、喧騒のなかから叫び声があがった。白衣の看護婦たちが共同寝室の中央に走り寄る。周囲の患者たちがはねのく。怯えている者もあれば、嫌悪感を露わにする者もいた。患者たちが取り囲むなか、ローズ・アンリエットが胸の前で腕を折り曲げ、床に膝をついて全身を震わせていた。指先はペンチのような形で固まったままだ。三十歳ぐらいだろうか。前のめりになり、激しく頭を上下させながら金切り声をあげている。床に崩れ落ちた彼女を看護婦が抱き起こそうとするが、立ち上がらせることができない。ジュヌヴィエーヴがやってきた。いつもどおり背筋を伸ばし、無表情のまま、立ちふさがる患者たちを払い除け、ポケットから小瓶をだすと、布になかの液体をしみこませる。ジュヌヴィエーヴは、何も目に入らずパニック状態にある患者の前にしゃがみこみ、その顔に布をあてた。数秒で叫び声はやみ、患者の身体はどさりという音とともに床に崩れ落ちた。

ウジェニーはテレーズを見た。

「こんなところ、連れてこられないほうがましだったわ」

ローズ・アンリエットの発作で共同寝室は冷や水をあびたようになり、午後は静かに単調に過ぎていった。患者たちは、許可を取って庭に出たり、ベッドに残って無言のまま衣装を眺め、もうすぐやってくる舞踏会の日を夢見たりしていた。

夕食は食堂でとる。いつものように、静まりかえったなか、ポタージュとパン二切れが出される。ウジェニーは急に空腹を覚え、スプーンの先で皿の底を削るようにして最後の一滴まで食べきった。食べ終わった途端、右隣から手が現れ、彼女に布巾を差し出した。ジュヌヴィエーヴだ。

「ここでは、みんな働くのよ。あなたもほかの子と一緒に片付けをするの。終わったら、私のところに来て。さあ、皿を置きなさい。もう何も入ってないわよ」

ウジェニーは無言で指示に従った。半時間以上かけて長椅子を片付け、食器を下げ、洗い、布巾でぬぐい、床を磨き、木製のテーブルをきれいにする。布巾と食器をもとの場所に戻し、共同寝室に戻る。夜八時になっていた。

約束どおり、ジュヌヴィエーヴは入り口で、ウジェニーを待っていた。一日の疲れかウジェニーの顔には隈が浮かんでいた。

「ついてきなさい」

何の説明もなく、冷たい声で命令されることに、ウジェニーは反発を感じた。かつては父、今はこの気難しい看護婦。いつもいつも、誰かが勝手に決めたことを強制されるばかりだ。ウジェニーはきつく口を閉じ、ジュヌヴィエーヴのあとについて長い廊下を歩いた。今朝も通ったあの廊下だ。窓の外には、暗い夜のなか並木道に沿って立つ街灯の先がちらちらと浮かんで見えた。

ジュヌヴィエーヴがある部屋の前で足を止め、鍵束をまさぐる。そこは、昨夜、ウジェニーが閉じ込められた場所だった。

「今夜もここで寝るの？」

「ええ」

「さっきは、共同寝室のベッドを指示されたのに？」

ジュヌヴィエーヴは鍵を開け、扉を開いた。

「入りなさい」

ウジェニーは憤慨する気持ちを抑え、冷えきった部屋に入った。ジュヌヴィエーヴは昨晩と同様、ドアノブに手を置いたまま戸口に立っている。

「せめて説明していただけますか」

「明朝、ババンスキー先生の診察を受けることになっています。隔離が必要かどうかは、明日、先生が判断します。診断が確定する前に、あなたが例の幽霊話をしてほかの患者を怖がらせるのは避けたほうがいいと思ったからです」

「昨日のこと、怖がらせてしまったのなら、ごめんなさい」

「怖がってなどいません。そんな能力がこの世に存在するはずはありませんから。でも、妹の話はもう二度としないでください。どうやって妹の名を知ったのかはわかりませんが、それを知りたいとも思いません」

「妹さん本人から聞いたんです」

「ふざけないで。幽霊なんて存在しません。わかりましたね」

「幽霊じゃないわ。霊が言ったの」

ジュヌヴィエーヴは鼓動が早まるのを感じ、呼吸を整えようとした。確かに、昨日、彼女は怯えていたし、今、このときも、薄闇のなかベッドの端にじっと座る姿を前に、怖くてたまらない。患者を前にこれほど動揺したことなどなかった。負けてしまいそうだからこそ、感情を表に出さないよう必死に自制していたのだ。

ジュヌヴィエーヴは深く息を吸い、言ってやった。

「お父様があなたを入院させたのも当然のことね」

薄闇のなか、ウジェニーは辛辣な言葉を黙って受け入れた。言葉を口にしたジュヌヴィエーヴのほうが、即座に後悔に襲われた。患者を故意に傷つけようとするなんてとんでもないことだ。自分らしくないと思ったし、自分の弱さから他人に八つ当たりするのも道徳的に許せない行為だ。鼓動はますます早まる。ここにいてはいけない。早くこの部屋を去らなければ。だが、動けなかった。口には出せないが、まるで何かが起こるのを待っているかのように、彼女は部屋に入ることもできぬまま、立ち尽くしていた。

ウジェニーはベッドの端に腰を下ろし、昨日、自分が座っていた椅子を見つめている。そのまましばらく時が過ぎた。

「マダム・ジュヌヴィエーヴは、霊の存在を信じないんですね」

「当然でしょう。そんなもの」

「どうしてですか」

「馬鹿げているからよ。科学を真っ向から否定するものだからです」

「霊の存在を信じないなら、どうして何年も妹さんにあてて手紙を書き続けているのですか。一度も投函していない手紙がたくさんあるんでしょう。あなたがそれを書くのは、気持ちのどこかで、妹さんに届くかもしれないと思うからではないですか。実際、妹さんはあなたの声を聞いているんです」

　ジュヌヴィエーヴは倒れまいとして壁に手をついた。

「あなたを怖がらせるとか、からかうとか、そんなつもりはまったくないんです。どうか私を信じてください。ここから出るのを手伝ってほしいだけなんです」

「でも、でも、もしあなたが本当に死者の声を聞くというのなら、なおさらここから出すことはできませんよ。そっちのほうがよっぽど悪質だわ」

　ウジェニーは立ち上がり、ジュヌヴィエーヴに歩み寄った。

「私が正気だってこと、ご覧になればわかるでしょう。ご存じないでしょうけれど、パリには霊を信じる人たちの集まりがあって、科学者や研究者たちも霊の存在を証明しようとしているんです。私も、その方たちの仲間になろうと思っていました。でも、実行する前に、父によってここに連れてこられてしまったのです」

ジュヌヴィエーヴは茫然としたまま正面からウジェニーを見つめていた。その真剣さを前に、これ以上はぐらかすことはできそうもない。これまで彼女が支えにしてきた権威や抑制、厳格さがまったく役に立たない。自分でも気づかぬうちに背負ってきた重荷から解放され、ジュヌヴィエーヴはさきほどから喉元まで出かかっていた言葉をようやく口にした。

「ブランディーヌ、そこにいるの？　この部屋にいるの？」

ウジェニーもまた驚き、肩の荷が少し降りたような気がした。最初の障壁を乗り越えた。このひどい場所でただひとり味方になってくれそうな女性の良心にふれることができた。少しは信じてもらえたようだ。

「ええ」

「どこに？」

「そこの椅子にかけているわ」

部屋の左奥、木製の小さな椅子は空っぽだった。ジュヌヴィエーヴはこれ以上もちこたえられなかった。後ろ手に扉を開く。ジュヌヴィエーヴは去り、扉は廊下に並ぶ窓ガラスがすべて振動するほど激しい音を立てて、乱暴に閉じられた。

7　一八八五年三月六日

「マダム・ジュヌヴィエーヴ、聞こえますか」

看護婦がジュヌヴィエーヴの肩をそっと揺すった。目を開いたジュヌヴィエーヴは、自分が執務室にいることに気がつき、愕然とする。足元をみると、スカートの裾には白い綿埃がついていた。ジュヌヴィエーヴは棚にもたれ、膝を胸の前で抱くようにして段ボール箱の上に座り込んでいたのだ。顔を上げると、看護婦が心配そうにこちらを見ている。

「だいじょうぶですか」

「今、何時かしら」

「八時ですよ」

朝もやの白い光が窓から差し込んでいる。ジュヌヴィエーヴは首に手をやった。昨夜の記憶がよみがえる。ウジェニーと話し、乱暴に扉を閉め、あとはもうぐったりして動けなかった。そのまま自宅に帰るのは無理そうだった。仕方がないので、体力と気力が戻るまで事務室で休むことにした。

重たい足で病院を横切り、事務室の扉にたどりついたところまでしか覚えていない。どうやら家には帰らず、いつも入院患者のカルテにサインするときに使っているこの個室で、埃だらけの床に座りこみ、そのまま一晩過ごしてしまったようだ。

節々に痛みを感じながら起き上がり、服についた埃を払う。

「ここに泊まられたのですか」

「そんなわけないでしょう。今朝は早く来たんです。急に気分が悪くなっただけ。それより、あなた、ここで何をしてるの」

「今朝の回診のためのカルテを取りに来ました」

「それは私の役目でしょう。さあ、出て行ってちょうだい。あなたの担当ではないんだから」

看護婦はうつむき、後ろ手にドアを閉めて出て行った。自分の弱さが許せなかった。ジュヌヴィエーヴは、胸の前で腕を組み、不安げな顔のまま部屋の端から端へと歩いた。ましてや、他人に弱みを見せるなんてありえない。サルペトリエール病院では、田舎の村よりもよほど早く噂が広がる。ちょっと何かしくじったり、あいまいな態度をとったりすれば、要らぬ注意を引いてしまう。勘ぐるようなまなざしを向けられるのは耐えられない。いつもと違う様子に気づかれてしまったら、自分のほうが患者扱いされてしまう。

もう二度と同じようなことがあってはいけない。彼女は意気消沈していた。愛した人、もう会えない人がそばにいるという甘い考えにとらわれ、肉体が死んでも魂は生きると信じようとして、罠に落ちたのだ。ウジェニーに心の傷をまさぐられ、つい作り話に耳を貸してしまった。でも、ウジェニーは正気ではない。そう。あの子は尋常ではない。ブランディーヌは死んだのだ。そう自分に言い聞かせることでジュヌヴィエーヴは理性を取り戻そうとした。

ジュヌヴィエーヴは深呼吸し、机の上の書類をつかむと、事務室を出た。

ウジェニーは診察室に入った。室内には、すでに若い女性が五人集められている。五人とも部屋の中央に立ち、自在扉のほうを心配そうに見ながら、医者の到着を待っている。

一見したところ、その部屋は自然博物館の一室に似ていた。茶色い壁の上部には天井に沿って刳り型のコーニス（壁の装飾的な突起物）がある。入り口付近には、科学、神経学、解剖学などの医学書や図鑑の入った本棚があった。本棚の向かい側には庭に面した大きな窓がある。窓と窓の間に置かれた木製の暗色の棚には、フラスコや小瓶、何やら液体の入った容器が並んでいる。横のテーブルには、科学を知らぬ者にはなじみのない大きめの道具類が置いてある。最近になって導入されたもののようだ。後方には、形ばかり衝立（ついたて）に隠れるようにして長椅子が置かれている。木材とエタノールの匂いが部屋じゅうに漂っていた。

患者たちは、診察室を嫌っていた。医者たちのことも嫌いだった。科学を妄信するひとたちは、ここで病理学が発見され、医学が進歩していくのだと思い込んでいる。彼らは嬉々として医療道具を使いこなそうとし、患者たちを怯えさせていた。患者の側からすれば、裸にならねばならないというだけで、この診察室は不安と緊張の場でしかなかった。この部屋で医者と患者は決して対等ではない。医者は患者の運命をその手に握り、患者は医者の言葉を信じるしかない。医者はそこに出世の道を見出し、患者はそこに自分の人生を預ける。特に、患者が女性のときはさらに溝が深まる。女性は男性の性欲の対象となる肉体をさらし、女のことなど決して理解できないであろう男性医師の手から治療や治験を受ける。医者は患者本人よりも自分のほうが患者の身体を知っているつもりでいる。男はいつも、自分が女よりも格上と思っている。そんな彼らの尊大さを知っているからこそ、医者の診断を待つ女性たちはみな不安げなのだ。

ウジェニーも、彼女をここまで連れてきた看護婦から言われたとおり、ほかの患者と一緒に医者の到着を待っていた。ブーツの足元で床がきしむ。少女たちはウジェニーと同い年ぐらいに見えた。待ち続けるあいだ、手をどこに置いたらいいのかわからず、握りしめたり、背後に隠したり、指を曲げたりしている。

少女たちの前には、男ばかりが勢ぞろいしている。まず、助手が三人、長方形の机の向こうに座っていた。地味なスーツにネクタイ、不安げな患者を意に介さず、自分たちだけで小声で話し合っている。さらに、その後ろには五人の研修医が医師の登場を待っている。白衣を着て、薄笑いを浮かべ、その日の担当患者を無遠慮にじろじろと見る。胸や口や腰のあたりをじっと見ていることもある。時に、肘でつつきあい、下品なことを言い合っている。彼らの落ち着かない様子を見て、ウジェニーは、こんな無防備な病人を前に興奮するなんて、よほど女性に縁のない人なのかしらとさえ思った。

ウジェニーはうんざりしていた。チェスの駒のように、あちらの部屋こちらの部屋と移動させられるのもうんざりだし、命令されるのもうんざり。今夜どこで眠ればいいのかさえわからないのもうんざり。水を一杯飲んで、ミトンを使って体を洗い、服を着替えたかった。あまりにも厳しい規則、不条理な状況を押し付けられ、腹が立ってしょうがない。研修医のひとりが彼女をいやらしい目つきで見ているのに気づき、ウジェニーは怒りをこめて睨み返した。にらまれた男は口ひげの下でぼそぼそ言いながら隣の研修医をつつき、右端の野生動物のような女は誰なのか確認している。

「見ましたか、あの女のあの目つき！」とささやく声まで聞こえてきた。ウジェニーが男の喉元にとびかかってやろうかとまで思ったその時、急に扉が開き、患者たちはびくりと身を縮めた。

医者が部屋に入ってきた。短い巻き毛を左右に分け、ポマードで固めている。垂れさがった瞼のせいか、そのまなざしは集中力を感じさせ、神経質そうにも見えた。唇の端に優美に載せられた口ひげのせいもあるだろう。彼は医師と研修医たちに挨拶し、机の前に腰を下ろした。ジュヌヴィエーヴは、医者の後ろから書類を差し出し、机に並べると、一歩さがって後ろに立つ。

少女たちの側でも同じようにささやきが起こった。

「シャルコー先生じゃないのね」

「ちがう。ババンスキーよ」

「シャルコーはどこ？」

「今日はいないわ。さわられるのいやだな」

ババンスキーはさっと書類に目を通すと、隣に座る助手のジル・ド・ラ・トゥレットに渡した。

そして立ち上がって言う。

「さあ、はじめようか。リュセット・バドワン、こっちへ」

ぶかぶかの服を着た、やせたブロンドの少女がおずおずと歩み出た。雑に結い上げた三つ編みが背中に垂れている。


「先生、すみません。少女は不安げな顔で正面に座る医師のほうを見た。

「今日は私ジョゼフ・ババンスキーがシャルコー先生にかわって担当します」

「何度もすみません。あの、私、触られるのはいやです」

「それじゃ、診察できませんね」

「シャルコー先生でなくちゃいやです」

少女はあわれにも震えだした。床に目を落としたまま、両手で腕をさすっている。ババンスキーは、気遣う様子もなく言った。

「じゃあ、別の日に来てください。この子には出て行ってもらって。さて、次はどなたかな」

「ウジェニー・クレリです」

「では、マドモワゼル、こちらへ」

ウジェニーは二歩ほど前に出た。ラ・トゥレットが座ったまま、カルテを読み上げる。

「十九歳。両親、兄ともに健康。病歴、症状、特になし。死者と交信ができると主張。父親の希望により入院」

「以上、間違いないですね」

「はい」

「着衣のボタンをはずしてください」

ウジェニーはジュヌヴィエーヴのほうをちらりと見たが、ジュヌヴィエーヴは目をそらした。彼女が診察に積極的にかかわることはなかった。発言できるのは医師、助手だけだった。研修医が発言することはあったが、ジュヌヴィエーヴの役目はただ静かに後ろに控えていることであり、彼女は決してその習慣を変えなかった。

ウジェニーは歯を食いしばり、ボタンをはずして、胸元を開いた。ババンスキーは医者の冷徹な目で、瞳や舌、口蓋、のどを観察し、呼吸や咳を聴き、脈をとり、反射を確認した。ババンスキーが言葉を発するたびに、後ろで助手が書き取る。

ババンスキーはいぶかしげにウジェニーを見た。

「すべて正常だ」

「じゃあ、私は家に帰れますね」

「そうはいかない。父親が連れてきたのは何か理由があってのことだろう。霊と交信するというのは本当ですか」

診察室は静まりかえった。皆がなにか納得のいく答えがほしいと待ち構えていた。そこにいた全員が、同じ好奇心を共有していた。特に研修医たちは興味津々だった。科学こそがすべてだと思い込んでいる彼らは、こうした話の真偽を確かめたくてうずうずしていたのだ。誰だって、関心をもたずにはいられない。死後の世界というものは心をわくわくさせ、感覚を刺激し、思考をゆるがす。それぞれに持論を展開し、霊の存在を証明しようとしたり、否定しようとしたりするのだが、決定的な結論が出ない。信じたい気持ちと恐怖の板挟みになり、恐怖のあまり、その存在をむきになって否定する人も少なくない。そんな不確かなものとはかかわらないほうが、楽だし、面倒がないからだ。

ウジェニーは自分に視線が集まっているのを感じた。

「パリじゅうに見せびらかすための珍獣をお探しでしょうか。私は真面目な話をしているんです」

「ええ、こちらも真面目ですよ。ここは理解と治療のための場所です。遊んでいるわけじゃありません」

「サルペトリエールが女性を見世物にするサーカスになっているのは嘆かわしいことだと思います」

「シャルコー先生の公開講義のことを揶揄(やゆ)しているとしたら誤解ですよ、医学においてはとても名誉なことなのです」

「舞踏会はどうでしょう。病院が社交場になるとは知りませんでした」

「四旬節中日の舞踏会は、患者にとって必要な娯楽ですし、健常者と接するよい機会なのです」

「ブルジョワ招待客を喜ばせているだけでしょう」

「マドモワゼル。聞かれたことだけ答えてください」

「では、はっきり申し上げます。私は霊と交信などいたしません」

ラ・トゥレットが座ったまま、カルテを指さす。

「でも、カルテによるとあなたはご自分の祖母に対して……」

「はい、亡き祖父から言われたことを伝えただけです。私の側から話しかけたりしません。ただ聞こえたんです。それだけ」

ババンスキーは微笑んだ。

「死んだ人の声なんてふつうは聞こえませんよ」

「どうして私がここにいなければならないのか、明確に説明していただけますか」

「説明が不十分だと？」

「ルルドで少女がマリア様の出現を見たということは、皆さん受け入れているじゃないですか」

「それとこれとはちがいます」

「どうして？　どうして神様は信じるのに、霊の存在は信じないんですか」

「それは信仰であり、信心です。あなたが言うように死んだ人の姿を見たとか、声を聞いたというのはふつうではありません」

「私が健常なのはおわかりでしょう。私は発作を起こしたこともありません。だから、入院させられる理由なんてないの。何にも！」

「きっと何か、病気があるのでしょう」

「痛いところも苦しいところもないわ。あなたたちはただ自分たちが理解できないものを恐れているだけでしょう。治療なんて名ばかり。後ろに立っている白衣のおばかさんを見てごらんなさい。さっきから肉屋の店先みたいに、私たちを物欲しげな顔で見ているあの顔！　ひどいじゃないですか」

一同が気まずい思いをしていることをジュヌヴィエーヴは感じ取った。ババンスキーが研修医に身振りで指示を与えるのも見えた。指示を受けた研修医が二人、両側からウジェニーの腕をつかみ、外に連れ出そうとする。ジュヌヴィエーヴは思わず歩み寄りそうになったが、自分を抑えた。これまでおとなしかったウジェニーが連れ出されそうになりながら、叫び、暴れ、希望を失っていく姿をジュヌヴィエーヴはじっと見ていた。

「痛い！　乱暴者！　離して！」

結い上げた髪がほどけ、頬に垂れさがる。ジュヌヴィエーヴの横を通るとき、ウジェニーはこれまで見せたことのない目で彼女を見た。かすれ声で、息を切らし、やっとの思いで、こう言ったのだ。

「ジュヌヴィエーヴ、助けて、お願い」

自在扉が開く。後列で順番を待っていた少女たちは、ウジェニーの叫び声が大きくなるにつれて、部屋の隅へと離れていく。

ウジェニーの声が廊下の奥へと遠ざかっていくあいだ、ジュヌヴィエーヴはじっと息を殺していた。

午後のやわらかい光が庭を照らしていた。三月の外気はまだ冷たかったが、久しぶりに太陽が顔を出したこともあり、わずかな時間でも日の光を浴びようと患者たちは外に出ていた。ベンチに腰掛けてスズメやハトを眺めたり、樹木にもたれて立ち、幹の感触を楽しんだりしている。並木道には、裾を引きずりながら石畳を歩く姿があった。

白いシルエットがゆっくりと庭園をめぐる。背の高さや結い上げたブロンドの髪から、遠くからでも、古株ことジュヌヴィエーヴだとわかる。だが、近くで見ると、その姿は、驚くほど、いつもとは違っていた。ふだんは白衣の背を伸ばし、注意深く周囲を監視しているのに、この日の午後は心ここにあらずで物思いに耽り、周囲でなにが起ころうとまるで気にしていない。手を背中に回し、うつむきかげんにいつもよりもゆっくりと芝生にそって歩いていく。誰かとすれちがっても目をあげようとさえしない。怒っているのか、物思いに沈んでいるのか。いや、これまでの彼女なら、もの思いに耽るなどありえないことだった。彼女に親近感を抱き、慕うような患者はいなかった。むしろ彼女は患者たちを緊張させる存在であり、にぎやかなおしゃべりも彼女の一瞥で静まりかえった。それでも、彼女が患者たちの支えであることは確かだった。どんなときも変わらず、実直な存在だったからだ。彼女がいるから秩序が保たれる。彼女がくつろいでいるときは患者たちもくつろげるし、彼女が緊張しているときは患者たちも緊張する。そんなわけで、ジュヌヴィエーヴの取り乱した姿を散策中に目にした患者たちは、いぶかしく思い、ついには自分まで不安になってくる。

石畳を見るともなしに眺めていたジュヌヴィエーヴは、左側から声をかけられびっくりした。

「ジュヌヴィエーヴ、元気がないわね」

すぐわきのベンチにテレーズの姿があった。パンのかけらを口にふくんだまま、太陽に顔を向けている。ときおり、芝生をはねるスズメや鳩にパンくずをなげているのだ。テレーズのでっぷりとしたおなかが呼吸に合わせて膨らんだり、しぼんだりしている。ジュヌヴィエーヴも思わず足を止めた。

「テレーズ、今日は編み物してないのね」

「指を日なたぼっこさせてるんだ。座ったらどう？」

「いえ、けっこう」

「いい天気ね。春がくるんだね。庭にも緑が戻ってくる。みんなも上機嫌」

「舞踏会が近いせいもあるでしょう。気晴らしになるのね」

「そうね、気晴らしは必要ね。あんたは？」

「私？」

「何を待っているの？」

「特になにも」

「そんなことないだろう」

ジュヌヴィエーヴは、反論のかわりにテレーズに背を向けた。両手を白衣の前ポケットにつっこむ。テレーズもジュヌヴィエーヴも庭を眺めていた。時折、遠くのアーケードの下を馬車が通り過ぎる。速足の馬に引かれた馬車が病院の並木道を横切っていった。ここから見るとパリの街は遠く、別世界に思えた。都会の喧騒や波乱、危険から護られ、この静かな場所にいると安心できるのも事実だった。だが、街と病院を隔てる壁は、自由や可能性を奪ってしまう。ここで暮らすことは、狭い世界のなかで将来に希望を見出せずに生きることでもあった。

テレーズはまだ足元の鳥たちにパンくずを投げている。

「ねえ、あの新入り、茶色い髪のよくしゃべる子、どう思う？」

「あの患者は現在、観察中です」

「あの子は正気よ。わかってるでしょう。病気のことはよくわかっている。ジュヌヴィエーヴ、あんただってそうだ。あの子は病人じゃない。なんだって父親はあの子をここに入れたんだろうね。あの子もさんざん怒っていたよ」

「どうして父親のことまで知っているの？」

「あの子が話してくれた」

「ほかにどんな話を？」

「いや、特になにも。あの子はまだ何か言いたそうだったけどね」

ジュヌヴィエーヴはさらに奥深くへとポケットに手をつっこんだ。今朝の診察の時のこと、特にウジェニーが一瞬だけ見せたあの表情が頭を離れなかった。だが、何ができるだろう。患者の入退院は彼女が決められるものではない。ここサルペトリエールにいる女たちは、何か理由があるから連れてこられたのだ。ジュヌヴィエーヴの仕事は、担当患者を監視し、患者と医者の間を取り次ぐことであって、診断に口を出すことでも、個別の患者についてあれこれ言うことでもない。いつからこんなふうに考えるようになったのだろう。これまでただ患者の世話をし、病気を治す、いや、少なくとも治そうとすることしか考えてこなかった。それがウジェニーのことを考えると、ぐったりしてしまう。もう考えるのはやめよう。

患者たちが不安げに見守るなか、近づきすぎる鳩を足先で蹴散らしながら、ジュヌヴィエーヴは勢いよく庭を横切っていった。

数日が過ぎた。衣装はすでに決まり、いよいよ会場の飾りつけが始まった。縦横ともに広くシャンデリアがぶらさがる大ホールを使うのだ。四隅に花や植物を置き、ビュッフェとして使うテーブルを運び入れ、窓の下にはビロードのソファを配置する。カーテンの埃を払い、オーケストラが使う舞台を掃除し、窓ガラスを磨く。患者たちは心をひとつにして協力し合い、楽しそうに滞りなく準備を進めていく。

病院の外では、パリの社交界の要人たちに招待状が配られる。「一八八五年三月十八日、サルペトリエール病院にて四旬節中日の舞踏会が開催されますので、ぜひ足をお運びくださいませ」。医者、役人、公証人、作家、記者、政治家、貴族、パリの特権階級を構成する者たちが、患者たちと同様、舞踏会を前にわくわくしていた。サロンでもさんざん話題になる。去年までの舞踏会の話をし、三百人の女性患者が仮装して踊るさまを語るのだ。語り草の逸話もある。ある患者が痙攣を起こし、卵巣を圧迫して発作を止めたとか、シンバルの音に反応して、十五人ほどが同時にカタレプシーを起こしたとか、性行為依存症の女性が一晩で次々と招待客の男たちと関係をもったとか。かつて舞台女優だった女がうつろな目で、患者の内にまざっているのを見かけたと語る者もいた。一度でも招待されたことがある者は、そのときに目にしたこと、経験したことを語りたがる。舞踏会は、狂気に興味のあるブルジョワたちにとって、年にたった一度、すぐ近くで患者を見ることができるまたとない機会だったのだ。この舞踏会は、彼らがふだん見物する芝居や、参列する社交パーティーと同じぐらい重要なものだった。その日、サルペトリエール病院では、舞踏会という口実がなければ互いに近よる理由もなければ近づきたいとも思わない二つの世界、二つの社会が交わるのだ。

午前が終わろうとしていた。ジュヌヴィエーヴが幹部医師の書類を処理していると、ドアをノックする者があった。

「どうぞ」

ジュヌヴィエーヴは、書類を棚に片付ける手を止めず、入ってきた青年に目を向けようとはしなかった。青年がシルクハットを脱ぐと赤い巻き毛がこぼれる。

「ジュヌヴィエーヴ・グレーズさんでしょうか」

「ええ、そうですけど」

「テオフィル・クレリと申します。ウジェニー・クレリの兄です。私たち、いえ、うちの父が妹を先週ここに連れてきました」

ジュヌヴィエーヴは作業をやめ、テオフィルを見た。青年は脱いだ帽子を胸に押しつけ、自信なげにジュヌヴィエーヴを見ている。ジュヌヴィエーヴも彼のことを思い出した。病院のなかに入るやいなや走って逃げていったあの青年だ。

ジュヌヴィエーヴは彼に椅子を勧め、自分も机を挟んで腰を下ろした。テオフィルは真正面からジュヌヴィエーヴを見据えるのをためらっていた。

「なにからお話しすればいいのか。お会いしたいと思ったのは、あの、こちらの病院ではそういうことが許されるのかはわかりませんが、妹に会いたいんです。妹と話がしたいのです」

　こんなことを頼まれたのは初めてだった。家族から手紙で患者の様子を尋ねられることはあったが、見舞いにやってくる人は本当に珍しかったのだ。

　ジュヌヴィエーヴは椅子の背にもたれ、目をそらした。ババンスキーの診察の日から、ウジェニーとは顔をあわせていなかった。もう五日になる。ウジェニーが隔離対象となっていることは知っていた。食事が運ばれても、ウジェニーは怒りに任せ、その場で皿を投げつける。そんなわけで看護婦たちはもう彼女の部屋には食事も毛布も運んでいない。朝のトーストだけは部屋に運ばれていたが、ウジェニーはこれも口にするのを拒んでいた。驚いた看護婦たちから報告があがってきても、ジュヌヴィエーヴはただ聞き流していた。ウジェニーに近寄らなければ、取り乱すことも気弱になることもない。ウジェニーが隔離され、距離をおくことができて、ジュヌヴィエーヴはむしろほっとしていたのだ。

「クレリさん、申し訳ございませんが、妹さんは面会を受けられません」

「元気でいるんでしょうか。ああ、聞くだけ野暮ですね」

　青年はかすかに顔を赤らめた。人差し指で首に巻いた絹のスカーフをそっと緩める。青白い顔に赤い巻き毛が落ちるさまは、ブランディーヌを思わせた。脆弱そうな外見、繊細なしぐさ、鼻や頬のそばかす。ジュヌヴィエーヴは妹の面影を振り払いたかった。兄といい、妹といい、クレリ家の人はあの手この手で彼女にブランディーヌのことを思い出させようとしているかのようだ。

「妹さんは強い方ですから、きっと病気に立ち向かうことができるでしょう」

　ジュヌヴィエーヴにそう言われても、テオフィルは納得しないようだった。青年は立ち上がり、部屋のなかを少し歩くと、窓の前で立ち止まった。並木沿いに連なる病院の建物に目をやる。

「ずいぶん広いんですね」

　ジュヌヴィエーヴは座ったまま向きを変え、青年のほうを見た。横顔がウジェニーと似ている。まっすぐで繊細な鼻、少し上を向いた口。

「妹とはそんなに仲が良かったわけではありません。血縁だけの結びつきでした。そんなふうに育てられたのです。それでも、妹の入院はあまりにも理不尽だと思います。あれ以来、夜も眠れないんです。妹の顔が頭を離れないんですよ。ウジェニーにはまったく選択肢がありませんでした。私も無力でした。強制入院に手を貸してしまいました。後悔しています。あなたにこんなことを告白する失礼をお許しください。ぶしつけなことだと思っています。でも、もし妹に会うことができないのなら、せめて差し入れを届けていただくことはできないでしょうか」

　ジュヌヴィエーヴが答える間もなく、テオフィルは上着の内ポケットに入っていた本を大事そうに差し出した。表紙には『霊の書』とある。ジュヌヴィエーヴには何のことかわからなかった。

「父が燃やしてしまう前に持ち出すことができたんです。お願いだから、この本を妹に。許してもらえるとは思っていません。それでも、妹が少しでもさびしくないように、この本を渡してやってください」

　ジュヌヴィエーヴは驚き、すぐには本を受け取ることができなかった。どんなかたちであれ、ウジェニーとはもうかかわりたくなかった。霊だとか、幽霊や霊魂といった死後の存在を思わせる言葉をウジェニーの口から聞くのは避けたかった。だが、テオフィルは差し出した本を引っ込めようとはせず、懇願のまなざしを浮かべていた。廊下から近づいてくる足音が聞こえ、ドアが三回、ノックされた。ジュヌヴィエーヴはノックの音に身を縮め、とっさに本をつかむと、大急ぎで引き出しのなかに隠した。テオフィルは感謝の笑みを浮かべてジュヌヴィエーヴを見ると、帽子をかぶり、やってきた看護婦と入れ違いに部屋を出て行った。

父親の部屋で初めて解剖学の本を手にしたとき、ジュヌヴィエーヴは十四歳だった。この本との出会いが彼女の人生を決定づけた。ページをめくるにつれて、理論的な科学の世界が浮かび上がってきた。人間のなかにあるあれもこれも、きちんと説明がつく。衝撃的な発見であり、妹が聖書に感じたという啓示に近いものだった。姉妹はそれぞれ本との出会いを心に刻み、いつしかそれは職業の選択にまで影響を与えた。ジュヌヴィエーヴは医学を志し、ブランディーヌは宗教を選んだ。

ジュヌヴィエーヴは医学書しか読まなかった。小説には興味がない。作り話には意味がないと思っていた。だから、詩の良さもわからない。いったい何の役に立つというのだろう。彼女にとって書物は実用的でなくてはならず、人間、いや少なくとも世界や自然について教えてくれるものでなければならなかった。それでも、本が人に大きな影響を与えることだけはわかっている。実際、彼女や妹の人生は本によって導かれたものだったし、患者のなかには驚くほど熱心に小説の話をする者もいた。なかには詩を暗唱しながら涙を流す者もあった。本の登場人物のことをまるで友人のように楽しそうに話す姿を見たり、泣きながら小説の一説を暗唱する患者の声を聞いたりもした。事実と小説の違いはそこなのだろう。事実が感動を呼ぶわけではない。ただの情報であり、状況説明でしかないのだ。だが、小説は感情を揺り動かす。ときに感情をあふれさせ、動揺させ、理性や思考とは違う場所、感情の嵐へと運んでいく。小説から知的な満足を得られることはないとジュヌヴィエーヴは思っていた。彼女は物語を恐れていたのだ。実際、患者たちは小説を読むことを禁じられていた。感動はときに心を乱し、症状を悪化させる危険もある。

その晩、ジュヌヴィエーヴは、恐々と本を眺めていた。外は夜も深まっていた。踊り場の水道で身体を拭き、大急ぎでスープを飲み下した後、ジュヌヴィエーヴは、コートの下に隠して持ち出した本を手に取り、ベッドの端に腰を下ろした。ベッドの横のテーブルからランプが本の表紙を照らしている。『霊の書』。医者たちの集まりで、形而上学の話になったとき、誰かがこの本について語っていた。批判や非難ばかりだった。よくぞまあこんなことを考え、しかも刊行までしたものだと言われていた。著者は事実の積み重ねにより、死後の存在を証明しようとしているらしい。大胆な試みだと思う。それだけは確かだ。だが、ジュヌヴィエーヴは心を乱されるのが怖くて、関心をもたぬよう努めてきた。

ベッドの向かい側では田舎風のストーブがほんのりと部屋を暖めている。窓の外、スフロ通りは静かだ。ジュヌヴィエーヴは、本を開こうとはせず、ただじっと表紙を眺め続けていた。ウジェニーはこの本を読んだ直後、父親によって病院に連れてこられたのだ。当然だろう。自分の子が死の世界に関心をもつのを喜ぶ親はいない。生と死の境界を越え、生の終わりに疑問を抱き、目に見えないものと交信するなど、正気では考えられない。そんなのは、理性ではなく、狂気の沙汰だ。

表紙を開き、ざっとページをめくり、テーブルに置いたかと思うと再び手に取る。別に開いてもいい、読んでもいいではないか。最初の数行くらいなら読んでもかまわない。同僚たちが言うようにくだらない本ならば、早々に嫌気が差し、本を閉じることになるだろう。どのみち、これをウジェニーに渡したら、彼女のわがままを助長させることになる。それだけは許せない。

時計は夜十時を指していた。閉じたままの本に手を置く。これではまるで、怖がっているみたいだ。

「なにやっているのよ。たかが本じゃない。ばからしい」

心を決め、ベッドの上に座り、枕をクッション代わりに背中にあてると、ジュヌヴィエーヴはようやく本を開き、一行目から読み始めた。

8　一八八五年三月十二日

パリに日が昇る。朝の仕事に向かう人たちがすでに動き出している。セーヌ川やサン・マルタン運河のほとりでは、洗濯女が十人ほどで連れ立ち、ブルジョワの家のリネン類がつまった布袋を背に次々と洗濯船へ向かう。一晩かかって古物を拾い集めた屑物屋が収穫の入った拾いかごを載せ、商品でずっしりと重くなった荷車を引いている。街角では、点火人がガス灯を消して回っている。エミール・ゾラがパリの胃袋と称した市場(レ・アル)では、商売人たちが野菜や果物の入った木箱を運び、氷室から魚を出したり、肉を切ったりしている。そこから遠くないサン・ドニ通り、ピガール通りやプロヴァンス通りには、最後の客を待ったり、しつこい酔っぱらいを追い払ったりしている娼婦たちの姿があるだろう。印刷所から飛び出してきた新聞売りの肩掛け鞄には刷られたばかりの見出しが躍る。どの地区にも焼きあがったパンの香りが満ち、水運び人、石炭売り、掃除人や紙業者などパリで働く者たちの鼻をくすぐる。まだ朝の光が屋根を照らし始めたばかりだというのに、パリは働く人々の姿ですでに活気づいていた。

ジュヌヴィエーヴが正面中庭を横切ったとき、サルペトリエール病院はまだ眠っていた。冷え切った並木道の石畳に靴音が響く。アーチ型の正門をくぐったあとは、どこに行くのであれ、まずはこの並木道を歩くことになる。右側の芝生の上では、猫が死んだネズミをもてあそんでいる。人も馬車も通らない。

ジュヌヴィエーヴが家を出たときから空は曇っていた。サン・ルイ礼拝堂のわきを過ぎたあたりでこぬか雨が降り始める。花を添えただけの質素な帽子が朝もやから彼女を護っていた。手袋をはめた手でコートの前をあわせ、風が入らぬようにして歩く。目の下には隈ができていた。一睡もしていなかったのだ。

ラッセイ棟と刻まれたアーチをくぐり通路を抜け、サン・ルイ礼拝堂に続く庭を横切る。目の前に芝生と裸木が見えてきた。左側にサン・ルイ礼拝堂の重厚な白い壁と黒い屋根がそびえたつ。ジュヌヴィエーヴは礼拝堂の方へ進む。胸のあたり、コートの内ポケットには昨夜読んだ本が入っている。

深紅の木製の扉の前まで来ると彼女はしばし立ち止まり、息を整えた。そして扉を押す。まず、思ったよりも質素なつくりに驚いた。金箔も、刳り型装飾もない。石造りの壁はところどころ黒ずみ、不要な内装など一切ない。まるで廃墟のようでさえある。

入ってすぐのところに、聖人像がアーチ状の凹みに設置されたブロックの上にぐるりと六体並んでいる。大きさにも配置にも圧倒された。四つの外陣にはそれぞれ礼拝所があり、大きく身を反らして、中央部のドーム天井を見上げていると、めまいがしそうだ。

ジュヌヴィエーヴはごく自然に帽子を脱ぎ、水滴を払った。自分が教会に来たこと、そこにいることがまず驚きだった。二十年ものあいだ、すぐ横を通りながら、決して入ることはないと思っていた場所に来てしまった。

冷たく湿った石造りの建物のなかにおずおずと一歩踏み出す。外陣に配置された礼拝所は、それぞれ設え(しつら)が異なっていたが、どれも簡素で無駄がない。それでも、必要なものは揃っている。ベンチや椅子が置かれ、小さな祭壇と燭台、マリア像がある。ほかにはない静けさが漂っていた。自分の息遣いが聞こえる。わずかな呼気さえ巨大な石の壁に反響しているようだ。

ジュヌヴィエーヴの耳に、ささやくような低い声が聞こえてきた。左側二番目の外陣で、ぽっちゃりとした小柄な女性がマリアの石像を前に祈っていた。いかにも洗濯女という服装をしており、エプロンをつけている。顎の下で組まれた手には黒真珠のロザリオが握られている。目をつぶり、心のなかでマリア像と対話しているようだった。この広い教会のなかたった一人で、朝一番のお勤めとして祈りをささげる女性の姿を見ていると、信仰のある人がうらやましくなる。ジュヌヴィエーヴはしばらくこの女を眺めていたが、あまり見ているのも失礼だろうと、目線をそらし、入り口の右側、手前にある礼拝所に入った。椅子に座ると、身体の重みで椅子がきしむ。帽子を膝の上においた。祭壇の下のほうにはロウソクが何本か灯されていた。

顔をあげ、子供の頃は怖いと思っていた空間を眺める。あれもこれも、すべてが彼女に日曜日の朝の退屈で苦痛な時間を思い出させた。教会が嫌いだった。ブランディーヌがいなくなってからは、ますます嫌いになった。教会なんて狂信者の集まるところだ。人間は弱いから信仰や偶像を必要とし、祈るための場所を求めるのだ。祈るだけなら、自宅で、自室で祈ればいいはず。だが、確かに人は弱いのだ。信仰もないのに、ジュヌヴィエーヴはどうしてここにいるのか。昨日読んだ本、一晩じゅうめくり続けたページに背中を押され、朝一番にここにやってきた。いや、あれは宗教書ではなかったし、むしろ信仰に反する本だった。それでも、ここに来なければならないという気持ちが自分でも抑えられなかった。そしてまたあの本も、彼女の理解を超えるものだった。何を求めてここに来たのかは自分でもわからない。何らかの答えなり説明なりが存在するとは思えないし、何か方向を示してもらおうというわけでもない。もがいても無駄だとジュヌヴィエーヴにはわかっていた。この一週間、ウジェニーが現れてからというもの、これまでできると思っていたことができなくなっている。恐ろしくはあったが、もはや否定するつもりはない。抵抗しようとはしたが、これ以上は無理だった。元に戻るには、立ち直るには、まず落ちるところまで落ち、行けるところまで行ってみるしかない。

背後で足音がした。ジュヌヴィエーヴは座ったまま振り返った。さきほどの洗濯女が教会から出て行くところだった。ジュヌヴィエーヴはあわてて立ち上がり、彼女に歩み寄った。女は足をとめ、驚いた顔で彼女を見た。

「私ももう出ます。一人きりにはなりたくないので」

女は微笑んだ。他人の汚れ物を手で洗い続ける生活の疲れがその顔に見て取れた。指も腕も冷たい水で荒れている。

「ここでは誰もひとりじゃありませんよ。ここだけではなく、どこにいてもね」

ジュヌヴィエーヴを残し、洗濯女の姿が消えた。呆気にとられ、ジュヌヴィエーヴは、コート越しに右手を胸に当ててみる。本はちゃんと胸ポケットに入っていた。

解錠する音がして、ウジェニーは目を開いた。目が覚めたとたん、胃が痙攣しはじめた。ベッドの上でさらに身をまるめる。素足だった。ここ数日窮屈なブーツを履きっぱなしでいたことで足首がはれ上がり、一度脱いだら、もう履けなくなってしまったのだ。ウエストの細いドレスにもうんざりし、いらだちに任せてボタンを引きちぎり、袖も肩もウエストもほどいてしまった。

ウジェニーは胃のあたりに手をやり、顔をしかめた。つややかに櫛をかけていた褐色の髪も、今や埃と汚れにまみれている。昨日の夜は、朝食として出されたまま食べずにいたパン切れにようやく口をつけた。四日ぶりに口にした食べ物だった。身体を衰弱させてはいけないことはわかっていた。生き抜くためには体力も、知力も維持しておくべきだった。弱みを見せたら、つけこまれる環境にあるからこそ、自分を大事にしなければならない。だが、診察の時に感じた激しい怒りがおさまらず、ここ数日は、運ばれてくるものをすべて拒絶し、ひとりでじっと耐えることしかできなかった。自分でもどうしようもなかった。これまで本気で反抗したことなどなかったのだ。確かに父への反発はあった。女性を笑いものにする男たちの姿に無言のまま静かな怒りを抱いたこともあった。だが、感情が波のごとく肉体も精神も押し流し、ただひとつのこと、無作法を承知で叫ぶことしかできなくなることがあるなど、思ってもみなかったのだ。それでも、あの日、不当な仕打ちに、はらわたが煮えくり返った。怒りはおさまっていない。しかし、いつまでも強気ではいられない。

ベッドを出ようとしただけで目が回る。胃が痙攣する。空腹すぎて吐き気がする。部屋に届けられた水差しを持ちあげるだけでも、ふらふらしてしまう。一日じゅう、薄暗がりのなかで過ごす。窓にある木製の鎧戸は閉じられているが、ところどころ穴があいているため、少しだけ光が差し込んでくる。怒りはあるが、あきらめに近い気持ちもあった。こんなふうに何もせず、放っておかれたのは初めてのことだった。これまで、両親の家に暮らしながら、自分は孤独だと、自分の性格や反抗的な態度や口答えのせいでひとりぼっちなのだと思いこんできた。だが、彼女を理解しようとしない家族から遠く離れてみると、何と浅はかだったことか。確かに理解されてはいなかった。でも、孤独ではなかった。あんなのは孤独と呼べるものではなかった。今は本当に孤独だ。女たちが入れられる病院でひとり隔離され、動き回る自由も、将来の見通しもまったくない。しかも、遠くにも近くにも、誰ひとりとして自分を気にかけてくれる人はいない。

「ウジェニー・クレリ」

名前を呼ぶ声がした。驚いたウジェニーはベッドの上に起き上がった。

入り口にジュヌヴィエーヴが立ち、部屋をみまわしている。割れた食器のかけらが床に散らばり、脱いだブーツはそこらに落ちたままになっており、椅子は足が一本割れて、床に倒れている。

ベッドに身を起こし、ジュヌヴィエーヴを見るウジェニーの顔には死を思わせるものがあった。生命力も自信も感じられない。

「食堂で食事をするつもりはない？　そのあと身づくろいをしましょう」

ウジェニーが驚いたように眉をつりあげた。まず、口調が意外だった。問いかけであって、命令ではない。ジュヌヴィエーヴの声が今までとは違うことにも気づいた。逆光でよく見えないが、表情も違って見える。全身の印象にも、いつものような厳格さが感じられないのだ。何かふっきれたのだろうか。意外なほど親し気な態度の裏にどんな理由があるにしろ、ウジェニーは隔離室を出られるのがうれしかった。温かい牛乳を飲むことができるのはありがたかった。

ウジェニーはベッドの端に腰かけ、痛みを感じながらもブーツを履いた。ぼろぼろになった服のボタンを上まで留め、汚れた髪を片手で撫でつけながらジュヌヴィエーヴに歩み寄った。

「ありがとうございます。マダム・ジュヌヴィエーヴ」

「あとで部屋を掃除しなさいね」

「ええ、もちろん。あのときは頭に血が上っていたんです」

「食事が終わったら、身体を洗ってね。待っていますから」

早朝からずっと同じように霧雨が降り続き、並木道を行く人のとんがり帽子やシルクハットを濡らしている。

庭園でジュヌヴィエーヴと落ち合ったとき、ウジェニーは洗ったばかりの濡れ髪をひとつにまとめて編み、首の片側に垂らしていた。ベージュのマントを羽織り、大きなフードをかぶっている。まなざしにはいつもの力が戻ってきていた。おなかを満たし、身ぎれいにしただけで、体力も気力も少しは取り戻すことができた。やけを起こし、落ち込んでいた気持ちも立て直しつつあった。ジュヌヴィエーヴがやってきて扉を開けてくれただけでも、彼女は勇気づけられたし、ここ数日の無気力状態から抜け出すことができた。

人目を避け、木の陰にいたジュヌヴィエーヴにも、ウジェニーがやってくるのが見えた。彼女は周囲を見まわし、誰にも見られていないことを確認して、合図をした。

「歩きましょう」

ウジェニーは足をひきずっていた。並木道には誰もいない。並木道の右側、庭園奥の低い壁のあたりにはネズミたちが雨水を避け、すぐ横の穴に飛び込む姿があった。芝生の上に泥水がたまり始め、霧雨は徐々に厚みを増し、ゆっくりと庭園全体を包み込んでいく。

ふたりはうつむいたまま歩いた。ジュヌヴィエーヴは少し歩いたところでコートの内側から『霊の書』を取り出し、ウジェニーに差し出した。ウジェニーはなにが何だかわからないまま、表紙を見つめる。

「人に見られると困るわ。さっさと受け取って」

ウジェニーは、驚いたものの、すぐに本を手に取り、マントの内側に隠した。

「直接渡してほしいとあなたの兄さんに頼まれたの。差し入れは禁止されている。わかるわね？」

ウジェニーは本を隠したあたりをかばうように両手で胸から腰にかけてマントを引き寄せた。兄が、こんなところまで会いに来てくれたと知り、のど元にこみあげるものがあった。

「兄にいつ会ったのですか」

「昨日の朝」

胸が詰まった。喜びと悲しみが同時にわいてきた。兄がここに。忘れられたわけではなかった。

思っていたほど、孤独ではなかったのだ。ウジェニーはしばらく考え、ジュヌヴィエーヴの顔を盗み見た。

「どうして規則をやぶってまで私に届けてくださったのですか」

ジュヌヴィエーヴの目に光が宿ったのをウジェニーは見逃さなかった。

「お読みになったんですか？」

「病院内では読書は禁じられているの。それを大目に見たのだから、見返りをお願いしてもいいかしら」

ジュヌヴィエーヴは息苦しさを感じた。少しふらついていた。自分で自分の首を絞めるようなものだ。これまで、こんなのはありえないことだった。患者を管理する役目にある彼女が患者と二人きりで密談し、これまでルールを決め、守らせる側だった自分が、患者のために規則をやぶり、その見返りを要求するなんて。考えたくもないことだった。自分の行為が馬鹿げているのもわかっていた。だが、後悔するぐらいなら、行けるところまで行ってみたかった。

「妹と……妹と話したいの」

霧雨が勢いを増し、病院の建物のわきを歩く人影が足を早めた。ウジェニーたちも並木の端までくると、アーケードの下に逃げ込んだ。ウジェニーは濡れたフードを脱ぐ。しばらくじっとしていたが、ジュヌヴィエーヴの顔を見上げる。

「マダム、もし、交換条件ということでしたら、本は要りません。私を自由にしてください」

「わかっているでしょう。そんなの無理よ」

「では、残念ですが、妹さんと話すのも無理です」

ジュヌヴィエーヴは内心いきり立った。こんな小娘と取引なんてするんじゃなかった。面目を失い、当惑するのは彼女のほうなのだ。さっさと隔離室に戻し、これ以上彼女の話など聞かなければいい。だが、その一方で、ウジェニーの態度は当然のものでもあった。ジュヌヴィエーヴは馬鹿正直に手の内をさらしてしまった。霊と話をしたいと願う以上、本一冊ですむ話ではないだろう。つくづく、ウジェニーには腹が立つ。だが、ジュヌヴィエーヴはあきらめるわけにはいかない。何しろ、ただひとつの希望なのだ。それにどんな約束をしようと、絶対に実現しなければいけないわけではない。心苦しくはあるが、約束というのは、口先だけでもできるものなのだ。

「じゃあ、先生に退院を許すよう頼んでみましょう。でも、本当に妹と話せたら、ね」

ウジェニーは安心したようにうなずいた。まだ喜ぶわけにはいかない。それでも彼女にとっては、小さな勝利だった。ブランディーヌが言ったとおりになるかもしれない。ジュヌヴィエーヴが助けてくれるだろうか。思っていたよりも早くここから出られるだろうか。

「いつにしましょう」

「今夜。あなたを隔離室に戻すわ。ひとりで病棟に戻って。長い時間、一緒にいるところを見られるのはまずいもの」

ウジェニーはジュヌヴィエーヴの顔をまじまじと見た。濡れた帽子から顔へ、肩へとしずくが落ちている。いつもは完璧に結い上げてあるシニヨンの髪も今日は乱れ、ブロンドの巻き毛が顔のわきに垂れている。これまで責任ある役目を完璧にこなしてきた彼女は、常に厳しい表情を浮かべていた。それでも、まなざしだけは今までと違う。青い瞳をのぞきこめば、そこに弱さや不安が浮かんでいるのが見える。だが、これまで彼女の目を本気でのぞき込んだ人はいなかった。そこに浮かんでいただろう感情は黙したまま気づかれずにいたのである。

ウジェニーはジュヌヴィエーヴの顔をじっと見つめたあと、感謝のしるしに微笑んだ。そしてフードをかぶりなおすと、雨のなか、庭園を走り抜けて行った。

共同寝室ではその日の午後、新たな出来事が皆を魅了していた。ベッドの間に男性が立っている。顔の下半分は黒いひげに覆われ、髪は短く切りそろえられていた。恰幅の良い体格は質素な服装の奥にかろうじて隠れている。ベッドの足元に設置したカメラを慎重に調整しているが、本当のところは田舎で土仕事をしているのが似合いそうな風体だ。三脚に載せられた黒いカメラは、小さなアコーディオンのようだった。二人の看護婦が写真家を取り囲み、好奇心の強い患者たちが勝手にカメラをさわらないように注意する。彼のまわりには小さなひとだかりができていた。少女たちは興味津々の顔で蛇腹つきのカメラと体格のいい男とをかわるがわる眺めている。

「不思議ね。以前は誰にも興味なんてなかったのに」

離れたところでは、テレーズがマットレスに足を伸ばして座り、ショールを編みながらその様子を眺めている。その隣のベッドではスペイン風衣装の穴をつくろうルイーズをウジェニーが手伝っている。ジュヌヴィエーヴと話をして以来、ウジェニーは落ち着きを取り戻していた。怒りは消えていた。いつか出られるとわかれば、あとはもう「そのとき」を待つだけなのだ。ここを出ること、街に戻ること、この地獄のような生活から解放されることを思うと、安堵と明るい気持ちで胸がいっぱいになった。出られることが確実になったら、まずテオフィルに手紙を書こう。きっとルイと一緒に迎えに来てくれるだろう。ルイならば秘密も守ってくれる。まずはホテルに身を落ち着け、レイマリを訪ねよう。これまで見たこと、聞いたことをぜんぶ彼に話し、彼の出している雑誌に書いてもらおう。なにもかも、ここに入れられる前に計画していたとおりになるはずだ。ここへの入院は一時的なものでしかない。ここに来たおかげで家族と縁を切ることができた。自分ひとりでは断ち切ることができなかったかもしれない。これからはひとりで、誰にも頼らずにやっていこう。

雨が窓ガラスを打っていた。ルイーズはウジェニーの横で腹ばいになり、衣装のレースを撫でていた。ルイーズもそっと写真家をのぞき見る。

「アルベール・ロンドも、悪くないわね。あのひと前に私の写真を撮ったことがある。彼も私がオーギュスティーヌと似てるって言ってた」

ウジェニーも写真家とそのとりまきに目をやった。アルベール・ロンドはベッドに寝た患者を撮影中だった。患者は二十代ぐらいだろうか。部屋着をまとい、髪を薔薇色のリボンで後ろに束ねている。じっと動かず、まなざしは何も見ていない。白昼夢に浸り込み、周囲のことなど目に入らないのだ。

ウジェニーはテレーズを振り返り言った。

「あの写真を撮られているのは誰？」

テレーズは肩をすくめる。

「ジョゼットさ。あの子はベッドからまったく出ようとしない。メランコリーというやつだね。私は見ないようにしている。見ていると気がめいるからね」

シャッター音が響いて患者たちを驚かせた。カメラを取り囲んでいた者たちが悲鳴をあげてあとずさりする。被写体になっていたジョゼットだけが動かない。

アルベール・ロンドは自分を取り囲む患者たちには目もくれず、カメラと三脚をつかんで少し離れたところに移動する。あれこれささやいたり、くすくす笑いながら、さきほどと同じ一団があとを追う。次に被写体になったのもベッドから動かない患者だった。顎まで毛布を引っ張り上げ、落ちるのを恐れるように毛布のへりを握りしめている。足だけがシーツをこするように規則正しく上下している。まなざしはあちらこちらと動き回るが、誰のことも見ていない。

ウジェニーが針を持つ手をとめた。

「無礼だと思わない？」

ルイーズが顔をあげる。

「ぶれい？」

「だって……。勝手に写真を撮るなんて」

「いいんじゃない。写真を見せれば、外の人たちにもここがどんなとこかわかってもらえるし、あたしたちのことも知ってもらえるんだし」

「外の人が本当の姿を知ってくれるというなら、あなたたちだって今頃ここから出してもらっているわよ。こんな……」

ウジェニーはそこで言葉を止めた。黙っていたほうがいい。敵を増やしてはならない。脱出のチャンスを危うくしてはいけない。数日にわたって看護婦に向かって食器を投げつけ、罵詈雑言を浴びせたあとだけに、しばらくはおとなしくしていたほうがいい。それに、闘う相手は慎重に選ぶべきだ。時を選ばず、誰彼構わず逆らい、ひどい扱いをする看護婦に反論し、不当なルールをいちいち批判していたら身が持たないし、そんなのは得策ではない。怒りはすべてを支配してしまう。ここぞというとき以外は抑えておいたほうがいい。今回ばかりは、他人のことよりも自分の権利を優先させるべきだとウジェニーは考えた。自分勝手なようで、後ろ暗い気持ちもあったが、とりあえず今は、自分がここを出ることだけを考えよう。

テレーズが編みものを置き、ショールのサイズを確認した。

「ねえ、前にも言ったよね。みんながみんなここを出たがっているわけじゃない。私だけじゃないよ。壁が壊されようが、ここに残る者はいる。だって、ある日とつぜん道に放り出されたら、家族もなく、途方に暮れるじゃないか。そんなの死ねというようなものだよ。ねえ、確かにここは天国じゃない。でも、少なくとも、ここにいれば安全なんだ」

シャッター音が響き、野次馬たちから再び「うわあ」と声があがる。寝ていた女は怯え、頭から毛布をかぶると、さらに激しくシーツに足をこすりつけ続けていた。

ルイーズは自分のベッドに座り、ウジェニーの膝に広げたドレスを見つめている。

「ねえ、穴のあいてたとこはつくろえたかしら」

「自分で見てごらんなさい」

ルイーズは色鮮やかな布のプリーツをひとつずつ確認する。細かい部分まで点検し終わり、あどけなさを残す顔に満面の笑みが広がった。ベッドから降り、ドレスを胸に当て、顔をあげる。

「舞踏会まであと六日ね。このドレスを着て、プロポーズを受けるの」

ドレスを強く押し当てたまま、ルイーズはくるりとまわり、ドレスの裾飾りをひらひらさせて見せた。自分だけに聞こえる音楽にあわせて踊り、リズムを取り、気の向くままに回転し、ベッドの間をはねまわる。ルイーズの目には、下町ベルヴィル生まれの孤児だった自分が、パリのやんごとなき人々の前で医者の婚約者となる姿が見えていた。


夕食が終わると、ジュヌヴィエーヴとウジェニーはそっと共同寝室から姿を消した。オイルランプを手にしたジュヌヴィエーヴが、もはや通いなれた廊下へとウジェニーを導く。ウジェニーはうつむいたままジュヌヴィエーヴのあとを行く。どこか不安な気持ちがあり、彼女の足取りは重かった。これまで、自分から霊を呼んだことはなかった。「彼ら」はいつも、彼女が呼ばなくても、ときには彼女が来てほしくないときでさえ、勝手にやってきたのだ。いろいろな意味で、彼らはなおも不可思議な存在だったし、彼女の意志でどうにかなるものでもなかった。不安はそれだけではない。すべては、ジュヌヴィエーヴの気持ち次第なのだ。もしブランディーヌが現れてくれなかったら、ここから出られる可能性は低くなる。たとえ現れても、ジュヌヴィエーヴを満足させるような答えが返ってこなかったら、それで終わりだろう。ジュヌヴィエーヴの助けを得るには、彼女が納得するような結果が必要だった。ウジェニーは呼びかけてみる。部屋に向かって歩きながら、静かにブランディーヌを呼んでみる。これまで二度姿を現した青白い顔に赤毛の少女。ジュヌヴィエーヴに自分の存在を知らせてほしいと言ったブランディーヌ。その存在を証明するため、ジュヌヴィエーヴの秘密を明かしてみせたブランディーヌ。ウジェニーは廊下を歩きながらブランディーヌの顔を思い浮かべ、名前を呼び、どこかで彼女が聞いていてくれますように、現れてくれますようにと祈った。

遠くから靴音が響いてきて、ジュヌヴィエーヴとウジェニーは顔をあげた。廊下の向こうに看護婦が現れ、こちらにやってくる。ウジェニーはその顔を見て、顔を赤らめた。隔離の初日に食事を持ってきた看護婦だった。あのとき、ウジェニーは怒りにまかせて暴れまわり、彼女を怯えさせてしまったのだ。

すれちがう距離にくると、看護婦もウジェニーに気がついた。看護婦は青ざめ、いぶかるようなまなざしでジュヌヴィエーヴを見た。

「マダム・ジュヌヴィエーヴ。なにかお手伝いしましょうか」

「だいじょうぶよ、ジャンヌ。ありがとう」

「隔離室から出る許可が出たのですね。知りませんでした」

「身づくろいを許しただけです。実際、だいぶ落ち着いたようですし。そうですね、クレリさん、もう暴れたりしませんね」

「はい、もちろんです」

ジュヌヴィエーヴは、看護婦の不安を吹き払うように微笑んで見せ、そのまま廊下を進んだ。動揺を表には出さないものの、心の内では苦しい思いもないわけではなかった。ウジェニーとともに廊下を歩きながら、ジュヌヴィエーヴは、鼓動が早まるのを感じていた。右手は、オイルランプを持っているので何とか平静を保っていたが、白衣の前ポケットに入れた左手はぶるぶると震えていた。

ドアの前まで来ると、ジュヌヴィエーヴは鍵の束を出し、かちゃりと音を立てて鍵を開けた。まず、ウジェニーをなかに入れる。その後、先ほどの看護婦が廊下の向こうに姿を消すのを見届け、誰も見ていないのを確認してから、自分も室内に入った。

ウジェニーはベッドの端に腰を下ろすと、顔をゆがめながらブーツを脱ぎ、しばらくの間、はれあがったふくらはぎをさすっていた。ジュヌヴィエーヴはオイルランプをベッドサイドに置き、前掛けのポケットをさぐって、ロウソクを数本差し出した。ウジェニーはそれが何のためなのかわからず、首をかしげる。

「つけなくてもいいのかしら？」

「どうして、ロウソクが要るの？」

「交霊のために使うんじゃないかと」

驚いたウジェニーはジュヌヴィエーヴの顔を見つめ、やがて、微笑んだ。

「儀式なんていらないの。アラン・カルデックの本を読んだなら、ご存じでしょう」

ジュヌヴィエーヴは当惑したままロウソクをポケットにしまった。

「マダム・ジュヌヴィエーヴ、神様を信じる？」

ウジェニーはベッドに足をあげ、壁にもたれてあぐらをかいた。暗い目でじっとジュヌヴィエーヴを見つめる。ジュヌヴィエーヴは不意をつかれて当惑した。

「私が何を信じようとあなたには関係ないでしょう」

「信じようが信じまいが、あるものはあるの。私は霊なんて信じていなかった。でも、霊は存在していた。信仰を拒絶しようが、本気で信じようが、疑おうが、どうでもいい。でも、目の前に存在するものをなかったことにはできない。この本を読んで、私は気がおかしくなったわけではないとわかった。私だけがへんなわけじゃない、まわりがへんなだけなんだって、初めて思ったの」

ジュヌヴィエーヴはウジェニーを見た。彼女が病人ではないことは明らかだった。はじめからそんな気はしていた。あのとき、ブランディーヌの名前など出さずにおけば、よかったのかもしれない。その能力をジュヌヴィエーヴから恐れられ、ジュヌヴィエーヴに話したりしなければよかったのかもしれない。そうすれば、ジュヌヴィエーヴから恐れられ、注目されることもなかっただろう。どのみち、二、三の検査を受ければ、神経系統に異常がないことははっきりしたはずだ。医学的に何の症状もない以上、一か月もすれば家に帰れたかもしれない。だが、状況がこじれてしまった。ウジェニー自身がしゃべってしまった。しかもしゃべりすぎた。あの手紙のことをウジェニーは口にした。留守中にあの部屋に忍び込んだはずもないし、あの手紙はほかに誰も知らないことだった。医師や看護婦たちの前で暴れたのは、さらにまずかった。彼女は数日にわたって、怒り、叫び、罵倒し続けた。ジュヌヴィエーヴが医者たちに進言したところで、彼らは彼女が退院をほのめかしたことに驚くだけだろう。ジュヌヴィエーヴは周囲を見回した。自分が愚かに思えてきた。こんなところで、見知らぬ少女とふたりきり、幽霊、それも妹の幽霊がやってくるのを待っているなんて。

「で、どうするの？」

「何も」

「何も？」

「彼女が来るのを待つだけよ」

「あの、呼ぶことはできないのかしら」

「呼ぶとしたら、私じゃなくて、あなたが呼びかけるのね」

ジュヌヴィエーヴはウジェニーの言葉に当惑した。ジュヌヴィエーヴは背中で手を組み、部屋の端から端まで歩き回った。じっと歯を食いしばる。しばらく経った。時折、ドアの向こうから廊下をゆく足音が聞こえてくる。そのたびにふたりは息を殺した。足音が遠ざかると、一息つく。閉ざされた鎧戸の向こう、庭のほうからは夜に鳴く野良猫の声が聞こえてきた。二匹の猫がはちあわせし、ネズミの奪い合いや縄張り争いが理由で威嚇しあっているのだろう。その後数分間にわたり、うなり声の応酬や、こぜりあいが続き、ついに肉弾戦となったらしく、ひっかきあいとおぼしきどたんばたんという音が響いたかと思うと、どちらかが勝ったのか、引き分けになったのか、徐々に静けさが戻り、病院は再び静まりかえった。

一時間が過ぎた。ついにしびれをきらし、ベッドの隅に座っていたジュヌヴィエーヴが立ち上がった。

「ねえ。まだだめなの？」

「さあ、いつもなら、彼女はそこに」

「最初っから嘘だったわけじゃないでしょうね」

「嘘なんかつくはずないでしょう。これまであなたがこの部屋に来たときは、二回とも、そこに彼女がいたの」

「もういいわ。あなたの言うことを聞いた私が馬鹿だったわ。あなたは当分、ここで隔離ね」

ウジェニーが反論する間もなく、ジュヌヴィエーヴは怒りにまかせて出て行こうとした。だが、ドアノブに手をかけても開かない。力いっぱいノブをまわそうが、押そうが、なぜか開かないのである。

「もしかして、来たの？」

「ええ、そこに」

ジュヌヴィエーヴは振り返った。ベッドのうえに座ったウジェニーが喉元に手をあてている。息が苦しいのだ。下を向いていたその顔からとつぜん血の気が引き、ジュヌヴィエーヴは震え上がった。

「お父様、あなたのお父さんが、あぶない。けが、しているって」

ウジェニーは少しでも呼吸が楽になるよう、胸元のボタンをあけた。ジュヌヴィエーヴも胸に手をあてる。恐怖のあまり胃が痛くなったのだ。

「いったい何の話？」

「お父さん、ぶつけたの。頭を台所のテーブルの角で。左の眉の横のあたりにけがして、気を失っている」

「どうしてそんなことわかるっていうの！」

ウジェニーは目を閉じた。口調が変わる。声は確かに彼女の声だった。しかし、文章を機械的に読み上げているかのように、抑揚がなく、感情のこもらないしゃべり方に変わった。ジュヌヴィエーヴは恐ろしさに後退りした。背中がドアにあたる。

「台所の黒と白のタイルの床に横たわっている。今夜のこと。夕食後気分がわるくなって。今朝は墓地にいった。黄色いチューリップを妻と娘の墓にそなえた。六本ずつ、二つの花束にして。助けが必要。ジュヌヴィエーヴ、お父さんを助けて」

ウジェニーは目を開いたが、まなざしは虚ろだった。背を丸め、息遣いも苦しそうだ。手足は力を失い、だらりと垂れている。ベッドに座ったまま動かず、ただぼんやりと大きく目を見開いているその姿は、子供が乱暴に扱ったあとの人形のようだった。

ジュヌヴィエーヴはしばらく動けなかった。聞きたいことは山ほどあったが、口がきけなかった。呆気にとられ口を半ば開いたまま立ち尽くす。だが、とつぜん、足が勝手に動き出した。われに返ると、ノブを強く握り、ドアを押す。先ほどのような抵抗はない。壁に音を立ててぶつかるほど、力まかせに大きくドアを開くと、すべてが始まった小さな隔離室を後にして、彼女は走り出した。

9　一八八五年三月十三日

　ジュヌヴィエーヴが実家の前にたどりついたとき、クレルモンの街はまだ静まりかえっていた。昨夜はあわただしかった。廊下に走り出て、途中で出くわした二人の看護婦に休みをとる旨を伝えた。そのまま中庭を早足で抜け、病院前の大通りをやってきた最初の馬車に飛び乗る。パリの街は騒がしかった。まるで、野次馬や浮浪者たちが隔離室でのやり取りを知り、興奮しているかのようだった。

　クレルモンまで行く最終列車に乗った。停車駅は十駅ほどだ。汽車の座席に座りこみ、ジュヌヴィエーヴは初めて自分が白衣を着ていることに気がついた。仕事着のまま出てきてしまった恥ずかしさを消そうとするかのように、彼女は白衣のしわを手で伸ばそうとした。ふと車窓に映った自分の顔に目をやり、その顔色にぎょっとする。目の下には隈ができていた。シニョンは崩れ、ブロンドの巻き毛があちこちこぼれている。指先でおくれ毛を撫でつけてみる。気がつけば、ほかの乗客たちも白衣のまま息を切らしている看護婦をじろじろ見ている。もうすでに彼女には、「へんなひと」という烙印が押されてしまったのだ。この先、何を言おうと弁明しようと、偏見を覆すことはできそうもない。サルペトリエール病院で過ごした数年の経験から、ジュヌヴィエーヴは学んでいた。人々は、事実よりも噂のほうを信じる。精神病が完治した者でさえ世間からは患者として見られ続ける。事実がどうであれ、嘘によって着せられた汚名を返上することは不可能に近いのだ。

汽笛が鳴り、駅にいた人々が震え上がる。黒い巨大な汽車の部品のひとつひとつに命が宿り、車輪はぎこちない動きで地面を押しつぶすように重たげに回りはじめる。

じろじろ見られるのにうんざりし、ジュヌヴィエーヴは車窓にもたれたまま、額をガラスにつけた。やがて眠り込んでしまう。深い眠りだった。夢も見ない。急ブレーキでコンパートメントが揺れて、はっとしたり、どの駅かはわからないが、汽笛が鳴ったときに目を覚ますことはあったが、すぐにまた眠りに落ちた。心も体も疲れ果てていたのだ。もう目が開けられない。目を覚まし、汽車が走り続けていることを確認し、また眠りに落ちる。このまま何日間も眠りこんでしまいそうだった。そのくせ、ふと目が覚めた瞬間に、台所に横たわる父の姿が目に浮かび、自分がなぜ汽車に乗っているのかを思い出す。父さん、と声に出して呼びたかった。だが、もはやその力すらなく、心のなかで父に呼びかけ、「がんばって、もうすぐ行くから。もう少しで着くから」と念じるのがやっとだった。

目が覚めると、夜が明けようとしていた。車窓に額をつけたまま、外を見る。遠く、薄紅色に染まり晴れ上がった空の下、大きく波型に連なるオーヴェルニュの山々が見えてきた。ほかの山よりも際立って高く、威厳のある姿で、谷のなかにそびえたつピュイ・ド・ドーム山は休眠火山の国を統べる王様のようだ。

その後、汽車は街に入る。汽車を降り、慣れ親しんだ街の道を歩き出しても、しばらくは汽車の振動で身体が揺れているような気がする。オレンジ色のれんが屋根の向こうに聖堂が見える。聖堂の二本の尖塔は暗く凶暴な槍のようだ。黒く簡素な聖堂の姿は、周囲の緑あふれる山々の清涼な雰囲気と好対照をなし、いかにも権威的で恐ろし気に見える。

ジュヌヴィエーヴは細い道を進み、父の住む家の前までやってきた。


家は静まりかえっていた。ジュヌヴィエーヴは後ろ手に扉を閉め、居間に足を踏み入れた。

「父さん？」

鎧戸は閉ざされていた。オニオンスープの匂いがする。父は、緑のビロード張りの肘掛け椅子に座り、朝のコーヒーを飲んでいるはずだった。まさかと思いつつも、台所のタイルの上で意識を失っている姿が頭に浮かび、最悪の事態を覚悟しながら台所に向かう。その瞬間、ジュヌヴィエーヴは祈った。ウジェニーの言うとおりではありませんように。すべては、自分を病院から遠ざけるための馬鹿げた茶番だと思いたかった。

ジュヌヴィエーヴは、こぶしを握りしめ、台所に入った。

誰もいない。四角いテーブルの上には、昨晩使った食器が布巾を敷いて並べてある。床には何の跡もない。足から力が抜けた。そこにあった椅子をつかみ、その上に座り込んだ。片手で椅子の背を握りしめる。「ぜんぶ嘘だったのね。ただのお芝居。騙された私が馬鹿だったんだわ」ジュヌヴィエーヴは、もう片方の手を額に当て、太ももに肘をついて、うつむいた。安堵したのか、がっかりしたのか、自分でもわからなかった。何を望んでいたのか、期待していたのかさえ、もうわからない。とにかく疲れていた。しばらく、そのままの姿勢で座っていたが、ふと床の汚れが目に入った。しゃがみこみ、眉をひそめる。白と黒のタイルの隙間に乾いた血の跡があった。

ジュヌヴィエーヴは、とつぜん立ち上がり、居間にかけこんだ。ちょうどそこへ老女が入ってきた。二人の女は互いに驚き、同時に声をあげた。

「ジュヌヴィエーヴ！　びっくりして心臓が止まるかと思ったわ。なにか音がしたので見に来たのよ」

「イヴェット！　父は……」

「まあ、虫の知らせというのかしらね。昨日の夜、あなたの父さんが倒れたのよ」

「いまどこに？」

「安心して。だいじょうぶ。今は寝ているわ。昨夜は私がつきそっていたの」

隣人のイヴェットはジュヌヴィエーヴのことを小さい頃からよく知っていた。ジュヌヴィエーヴを安心させるように手を引き、二階へと案内する。高齢の彼女には階段がきついのだろう、もう片方の手は手すりをつかんでいた。

「ゆうべ、ジョルジュと二人でケーキをおすそわけに来たのよ。呼んでも返事がないから心配になってね。幸い、合い鍵ももっていたことだし、なかに入ったら、台所のタイルのところで倒れていたの。でも、お父さんは丈夫なひとね。ジョルジュと近所のひとたちとで二階の寝室まで、かつぎあげた頃には、もう意識もしっかりしてた」

イヴェットの話を聞くうちに胸がいっぱいになった。階段をのぼりながら、歓喜にも近い感情が込み上げてきた。ウジェニーの言葉は本当だった。父はめまいを起こし、けがをしていたのだ。いや、父の病状を喜んでいるわけではない。あのとき、ブランディーヌが本当に「来ていた」ことに感動したのだ。父が倒れたのを知っていたのはブランディーヌだけだし、それをウジェニーを介して知らせることができたのも彼女だけだ。ジュヌヴィエーヴは、イヴェットと同じように、階段の手すりを握りしめた。感極まってしまった。泣きじゃくりたかった。声に出して笑いたかった。イヴェットの肩を抱き、どうしてここに来たのか、どうやって知ったのか、妹が自分たちのことをどんなふうに見守ってくれているのか、話して聞かせたかった。外に飛び出し、町じゅうに聞こえる声で叫びたかった。

後ろにいるジュヌヴィエーヴの様子をいぶかり、イヴェットが振り返った。そして、慰めるようにやさしく微笑む。

「泣かなくてもだいじょうぶよ。眉のところを切っただけだから。お父様は、強いひとよ。あなたもね」

階段をのぼりきると、イヴェットはジュヌヴィエーヴを先に行かせた。彼女がこの部屋に入るのは年に二日、クリスマス休暇のときだけだったが、訪れるたびに幼い少女に戻ってしまう。誰もさわらない家具。この部屋は時間がとまっているみたいだ。左側の壁にタンスが並び、ベッドの両サイドに小ぶりの卓がある。小さな窓には白いレースのカーテン。一足ごとに床がきしむ。ベッドの下には綿埃がたまっている。狭い部屋にはほとんど光が差し込んでこない。家庭的なあたたかさはないが、人を寄せつけない厳格さがあるわけでもない。よくあるふつうの部屋だ。

色褪せた青い羽根布団をかけ、枕を二つ重ねて頭を高くした状態で寝ていた父親は、ジュヌヴィエーヴの姿を見て驚いた。だが、父が口を開く間もなく、ジュヌヴィエーヴはベッドの横に座り込み、父の手をとってキスをした。

「父さん、よかった」

「どうして、ここへ？」

「お休みをもらったの。驚かせようと思って」

父親は驚いた顔で彼女を見た。左の眉の上に傷があった。とても疲れた様子で、どうも、昨日の転倒だけが原因ではなさそうだ。昨年のクリスマスに会ったときよりも顔色が悪い。言葉の理解にも時間がかかるようだ。そんなの初めてだった。外国語で話しかけられた時のようにおぼつかない表情で話を聞き、しばらく経ってようやく言葉を理解し、ゆっくりと答える。ジュヌヴィエーヴは父のやせたしわだらけの手を握った。親の老いを見るのは何よりもつらい。不死身であるかのように強かった父が、こんなに衰弱し、あとは枯れていくばかりなのだ。

父は両手でジュヌヴィエーヴの顔を抱き寄せ、身を乗り出して額にキスをした。

「驚いたけど、おまえに会えてうれしいよ」

「なにかほしいものある？」

「いや、ちょっと眠りたい。まだ朝早いだろ」

「ええ、今日はここにいるから」

父は枕に頭をうずめ、目を閉じた。左手はジュヌヴィエーヴの顔に添えたままだ。ジュヌヴィエーヴはベッドのわきに跪いたまま、動くことも、父の手を離すこともできずにいた。これまで父の手でこんなふうにやさしくふれられたことはなかったのだ。


一日がゆっくりと過ぎていく。二階で父が休んでいるうちに、ジュヌヴィエーヴはいつもの作業にとりかかった。家具の下の埃まですべて箒で掃き出し、父のシャツやズボンにていねいにアイロンをかけ、はたきで棚の埃を払い、窓を開けて空気を入れ替える。市場でパン、野菜、チーズを買い、庭の落ち葉を片付ける。その合間にも、たびたび二階にお茶を運んだり、なにか必要なものはないか様子を見に行ったりしていた。ジュヌヴィエーヴは慣れた様子で部屋から部屋へと動き回る。白衣を脱いで、実家においてあった青い普段着に着替えた。髪は、緩いカーヴを描いて肩に垂れたままだ。落ち着いた様子で家事と雑務をこなしていく。

静まりかえった家には悲しみが漂っていた。まず、妹が急死し、その数年後、あとを追うように母も逝った。疲れ果てた父が診療をやめ、訪れる患者もいなくなった。簡素なこの家には、誰の声も聞こえず、動きまわる気配も微笑みもない。ジュヌヴィエーヴは毎年クリスマス休暇をここで過ごしていたが、家のなかのなにもかもが辛気臭く思えた。父以外誰も座らぬ肘掛け椅子。二階にあるブランディーヌの部屋はずっと閉ざされたままだ。一人暮らしの父には多すぎる数の食器。ほったらかしの庭には枯れた花や雑草があるばかりだ。隣家の夫婦が定期的に訪れてくれていたが、それがなかったら父より先に家のほうが崩壊していたかもしれない。

居間の時計が午後四時を告げる。台所では、ジュヌヴィエーヴがゆっくりと木さじを動かし、鋳物鍋で野菜スープを調理していた。手が軽く震えている。旅の疲れと心労のせいだろう。鍋にふたをして、ソファに腰を下ろす。固く、背筋を伸ばして座らなくてはならないソファは、あまり心地よいとは言えない。だが、少なくとも、この姿勢なら、うたた寝してしまうことはなさそうだ。肘掛けに腕を載せ、片手を髪にやったまま、ぼんやりと部屋を眺める。不思議といつものような陰気さは感じない。本棚、ソファ、壁の絵画、楕円形の食卓。どれも、これまでとは違って見える。誰もいないことと、うち捨てられたことは同じではない。彼女が子供時代を過ごしたこの家には、もう妹も母も住んでいない。それでも、彼女たちはまだここにいるのだ。遺品や形見の品が残っているということではない。その想念や存在、意識が残っているのかもしれない。ジュヌヴィエーヴはブランディーヌを思った。この部屋のどこか、隅のほうからこちらを眺めているのではないだろうか。われながら常軌を逸しているとは思ったが、そう思うと気持ちが落ち着いた。亡き人たちがそばにいてくれると思うと、慰められる。死の恐怖や重苦しさが和らぐ。人の存在には意味も意義もある。死の前と後では何も変わらないのだ。

ソファの隅に座り、誰に邪魔されることもない静寂に身を浸し、ジュヌヴィエーヴは自分が微笑みを浮かべていることに気づいて驚いた。病院のスタッフに微笑むときとは違う笑みだ。意外なことに、めったにない、心からの笑みだった。はしたないことをしたかのように、ゆるんだ口元に手をやる。目をつむり、胸の奥まで大きく息を吸いこむ。彼女は初めて信じることができたのだった。

オーヴェルニュの町に夜が訪れた。一日の終わりを告げる木靴の音や話し声が、窓の外から聞こえてくる。日が沈むとまもなく、路地から人影が消える。店じまいした商店の前を人々は家路を急ぐ。どの家も鎧戸を閉め、光は闇に居場所を譲る。道は早々に静まりかえり、家のなかからも動きが消える。ここでは、皆、太陽とともに起き、日暮れとともに眠るのだ。

台所では、暖炉の火が家族を温め、部屋の隅を明るく照らしていた。テーブルに置かれたオイルランプの明かりのもと、ジュヌヴィエーヴは父と夕食をとっていた。木さじで皿の底をさらい、スープの残りをかき集める。ジュヌヴィエーヴは寝室に夕食を運ぼうとしたが、父はどうしても起きて食卓につきたがった。

「父さん、もう少しスープをどう?」

「いや、もう腹は減ってない」

「まだあるから、明日にでも食べて。私は今夜、パリに戻る。明日には公開講義があるし、舞踏会の準備もあるから」

父は顔を上げて娘を見た。ちらりと娘の顔を観察する。何かが変わった。体調が悪そうではない。いつもよりやわらかく、くつろいで見える。ブロンドの髪も青い目も生き生きとしている。

「ジュヌヴィエーヴ、いいひとでもできたのかい」

「えっ、何でそんなこと言うの?」

「何か話があるんじゃないか」

「どうしたの、父さん」

父はスプーンを皿に置き、格子柄のナプキンで口元をぬぐった。

「今夜にも帰らなくちゃならないんだろう。たった一日しかいられないのに、とつぜん来るなんて、何かあるんだろう。何を言いに来たんだ。病気でもみつかったのか」

「いいえ、元気よ」

「じゃあ、どうした。話をはぐらかすな。もったいぶるんじゃない」

ジュヌヴィエーヴは赤くなった。彼女が頰を赤らめるのは、父の前だけだった。足を引いた拍子に、椅子の脚がタイルにあたり、音を立てる。彼女は立ち上がり、台所のなかを少し歩いた。両手を重ね、握りしめる。

「確かに、来たのには理由がある。でも、父さんは嫌がるかもしれない」

「いままで、私がおまえの考えを否定したことがあったかい」

「いいえ」

「私が叱ったのは、不実と嘘だけだよ」

ジュヌヴィエーヴは落ち着かない様子で、ゆっくりと炎を揺らす暖炉の前を行ったり来たりしていた。襟元のきつい服のせいだろうか、息が苦しい。だが、そんなことを気にしている場合ではない。

「父さんの具合が悪いことを知らせてくれたひとがいるの。だから、来たのよ」

「誰が知らせたというんだ。イヴェットだっておまえに知らせる暇はなかったはずだ」

「でも、父さんが倒れたことは知ってたの。だから、大急ぎで駆けつけた」

「どういうことだ。おまえ、千里眼の技でも身につけたか」

「私じゃないわ」

ジュヌヴィエーヴは、父の横に腰を下ろした。自分だけの秘密にしておくべきなのかもしれない。だが、誰かと共有できれば、現実味が増し、本当のことだと実感できる。誰かに知ってほしい。自分と同様、父にも信じてほしかった。

「うれしいことだけど、父さんに打ち明けるのは怖くもあって。だって、あのね、ブランディーヌなの。ブランディーヌが私に知らせてくれたの」

父は石のように無表情になった。医者の職業病といっていい。重病が見つかったときも、患者にさとられまいとしてきた成果だ。父はテーブルに肘をついたまま、ジュヌヴィエーヴが立ち上がり、今まで聞いたこともないような口調で話すのをじっと見ていた。

「新しい患者がきたの。先週のことよ。家族は、彼女が死者と話をするのだと言っていた。私は信じてなかった。父さんゆずりの合理主義ですからね。でも、証拠を見せられた。私の前で死者と話をしたの。三回も。ええ、父さんは馬鹿げていると思うでしょうね。私だって、最初はそうだった。でも、一生に一度だけ、神かけて誓えというなら、私はたった今、父さんの前で神にかけて誓うわ。ブランディーヌがその患者に話しかけ、そのひとが知るはずのないことまで教えたの。父さんが倒れたことも、ブランディーヌが教えてくれた。ねえ、父さん、あの子が私を、私たちを見守ってくれているの。あの子は今もここにいるのよ」

　ジュヌヴィエーヴは急に腰を下ろし、父の手を両手で握りしめた。

「信じるまでには時間がかかった。父さんもすぐには信じられないかもしれない。もし、疑うのなら、病院まで来て。その子に会って。ブランディーヌは私たちと一緒にいるの。今だって、この台所に、私たちのそばにいるのかもしれないわ」

　父はジュヌヴィエーヴの手から自分の手を抜きとると、テーブルの上に置いた。食器を前にうつむいたまま、しばらく動かない。ジュヌヴィエーヴには永遠のように思える時間が過ぎた。診察の時のような真剣な顔だった。目にした徴候に神経を集中させ、いちばん可能性の高い病名を探り当てようとするときの顔だ。ついに父は頭を振った。

「以前からずっと、気ちがいに囲まれていると、おまえまでおかしくなるんじゃないかと心配してたんだ」

　ジュヌヴィエーヴは凍りついた。父に向かって手を伸ばそうとしたが、できない。

「父さん」

「サルペトリエール病院に手紙を書いて、今、おまえが口にしたことを知らせることだってできる。でも、それはしないでおこう。娘がかわいいからな。でも、おまえにはこの家を出て行ってもらいたい」

「私を追い出すの？　どうして？　信じて打ち明けたのに」

「死んだ人の話をしたじゃないか。死者がおまえに話したって？　自分が何を言ったか、わかっているのか」

「だからこそ、話したんじゃない。信じて。父さんこそ、私のことはわかっているでしょう。私は正気よ」

「おまえの病院の患者たちだって、みんなそう言うんだろう」

ジュヌヴィエーヴはめまいがした。暖炉の火で顔がほてった。背もたれのない椅子に腰を下ろし、テーブルに背を向け、あたりを見回す。もう何を見ても慣れ親しんだものとは思えなかった。床に重ねられた鍋も、壁にかけられた布巾も、子供の頃、妹や両親とともに食事をしていた細長い木のテーブルも。テーブルの向こうに座る父も他人のように見える。父が、とつぜん、これまで彼女が病院の事務室で向き合ってきた父親たち、娘のことを軽蔑し、恥と考え、厄介払いしにくる父親たち、もはや自分の子ではないとばかりに、何のためらいもなく入院への同意書にサインする男たちと同じように見えてきた。ジュヌヴィエーヴは立ち上がろうとしたが、ふらつき、足を椅子にぶつけてしまった。足取りがおぼつかず、壁に両手をつく。息を整え、じっと動かない父のほうを振り向こうとした。

「父さん」

父はうんざりした様子で顔をあげ、娘のほうを見た。ああ、この目つき。それはまさに多くの父親が娘を見捨てるときに見せるまなざしだった。

ルイーズの肩を誰かが揺さぶる。

「ルイーズ、起きて。公開講義の日よ」

看護婦がルイーズを起こそうとする。まわりでは、ほかの患者たちが次々と目覚め、気怠げにベッドを降り、服に袖を通し、肩にショールをはおり、面倒くさそうに髪を束ね、共同寝室を出て食堂に向かう。外では、今日でもう二日、雨が降り続いている。庭の芝生にできた水たまりはどんどん深くなる。石畳を縫うように雨水が流れる。雨に濡れた通路には人影もない。

「ルイーズ！」

ルイーズは名残惜しそうに毛布を顔まで引っ張り上げ、寝返りをうつ。

「疲れているのよ」

「あなたの気分なんて関係ないの」

ルイーズは目を大きく見開き、ベッドに座って背筋をのばした。気圧された看護婦が思わず、一歩下がる。

「マダム・ジュヌヴィエーヴはどこ？　どうして、今日はジュヌヴィエーヴが起こしにこないの？」

「マダム・ジュヌヴィエーヴはお休みです」

「今日も休み？　帰ってくるって言ったじゃない。講義の日なのよ」

「だから、今日は私が」

「だめだめ、ジュヌヴィエーヴがこないならここから動かない」

「そんな」

「絶対、動かない」

「シャルコー先生を怒らせたくないでしょう。先生はあなたを頼りにしているの。ね、わかるでしょう」

脅しに屈した子供のようにルイーズはうつむいた。共同寝室に響くのは、雨のしずくが窓を打つ音ばかりだ。室内は冷え込み、湿気で寒々としていた。

「ねえ、先生を怒らせたいの？」

「ううん」

「私もそうよ。さあ、私と来て」

講堂の控室にはいつもと同じ医者と研修生たちが彼女を待っていた。看護婦が、片手で患者の腕をつかんだまま、もう片方の手で扉を開ける。ババンスキーが歩み寄ってきた。

「ご苦労さん。アデル、マダム・グレーズはまだなのかね」

「ええ、まだ姿を見ていません」

「じゃあ、彼女なしではじめるとしよう」

ババンスキーはルイーズを一瞥した。小さな肉付きのよい手は震え、青ざめて不安そうな顔におくれ毛が落ちている。

「アデル、ちゃんとボタンをかけさせて、髪ももう少しなんとかしなさい。これじゃ悪魔憑きだ。お見せして恥ずかしくない状態にしてくれなくては」

看護婦は不満げにため息をつく。男たちが黙って見つめるなか、看護婦のアデルはルイーズの肩をつかみ、ボタンをかけなおす。それから不器用な手つきで、黒く豊かな髪を後ろに流す。看護婦の爪が頭皮や額に当たり、ルイーズは唇を噛み、泣くのをこらえている。彼女はジュヌヴィエーヴが現れるのを今か今かと待っていた。廊下から聞こえる足音に耳をすまし、ドアノブをじっと見て、扉が開くのを待つ。ジュヌヴィエーヴがいないと不安でたまらない。決して患者に慕われているわけではないが、ジュヌヴィエーヴがいないと、患者たちは不安になった。ジュヌヴィエーヴは医師と患者の溝を埋め、問題が長引く前に解決し、ルイーズの気持ちを落ち着かせ、公開講義に向かわせる。患者たちにとっては、彼女だけが、常に目を離さず、関心を向けてくれる存在だった。ルイーズを安心させることができるのはジュヌヴィエーヴだけだ。ジュヌヴィエーヴは現場の責任者であり、彼女がいないと危うい均衡のなかに積み上げられたものが崩れ落ちてしまう。その朝、ジュヌヴィエーヴの不在を知ったルイーズは、すべての希望を失ったかのように投げやりな気持ちで講堂に向かった。

ルイーズが登場し、男ばかりの受講者はかたずをのむ。彼女が歩くたびに、舞台がきしむ。いつもなら、ルイーズは陽気な顔をしている。だが、その日、彼女の表情は冷ややかだった。聴衆は誰も彼女の顔など見ていない。四百人を前に彼女は中央に歩み出る。人々はチックや、不自然な動きなど、「狂気」の兆候を見出そうと待ち構えている。ルイーズはされるがままになっている。誰にふれられようが、誰の声で催眠術をかけられようが、後ろに倒れるときに抱きとめてくれる腕が誰のものであろうが、おかまいなしだ。意識を失っても、十五分ほどで目が覚めることはわかっている。目が覚める頃には、公開講義も終わり、シャルコー先生も満足し、寝室に戻って眠ることができる。眠れば、いやな思いも忘れられる。この世に眠りがあって本当によかった。何も考えないでいられるんだもの。

だが、目覚めはいつもと違っていた。ルイーズが目を開くと医者たちが彼女のまわりに駆けつけていた。横たわる彼女のことを、いくつもの心配そうな顔が覗きこんでいる。聴講席からは、いつもと違う緊張したざわめきが聞こえてくる。ルイーズは不快な音から逃れようと頭を振った。耳鳴りがするのだ。やがて、彼女を取り囲む医者たちの輪を割って、シャルコー医師が近づいてきた。ルイーズの右わきに身をかがめると、長くとがった金属製の棒を取り出す。シャルコーが何か言ったが、ルイーズには聞こえない。シャルコーが、袖のまくりあげられたルイーズの右上腕に金属棒の先端を突き刺した。怖くなったルイーズは、反射的に避けようとしたが、腕が動かない。力が入らないのだ。シャルコーは作業を続けた。金属棒を彼女の右側に次々と当てていく。手、指、脇腹、太もも、膝、むこうずね、足、足の指まで。取り囲んだ医者たちが、ルイーズの表情や反応を観察している。シャルコー医師は、特にルイーズを気遣う様子もなく、作業に集中している。こんどはルイーズの左手を取る。金属棒を左の掌に当てて押すと、ルイーズは「痛っ!」と声をあげ、周囲の医者を驚かせた。

「右半身まひ」

診断は彼女にも聞こえた。意識が戻ったのだ。ルイーズはあわてて自分の左手で、腹部に載せられたまま動かない右手をつかんでみた。揺さぶり、叩いてみたが、何の感覚もない。眠ったような右腕をつねってみる。足をあげようとしても動かないので、右足もつねってみる。片側だけいうことをきかない身体にいらだちばかりがつのる。

「なにも感じない。どうして、どうして？」

ルイーズは怒り、ののしり、何かのきっかけで動くのではないかと、右側の手足をいたぶり、少しでも感覚が戻るのではないかと手足をぶらぶらさせてもみる。やがて、怒りはパニックに変わる。叫び、何とか立ちあがろうと、もがいては倒れ、助けを求める。悲鳴が講堂に響き渡り、あまりの衝撃に聴衆は茫然としていた。このとき、ようやくこのとき、どうしたらいいのかわからず、ただ彼女を見つめて立ち尽くす医者と研修生のあいだから、ジュヌヴィエーヴが現れた。再び汽車で一晩を過ごし、疲れた顔のジュヌヴィエーヴは、壇上のルイーズを見た。ルイーズもジュヌヴィエーヴの姿に気づき、痛切な叫びをあげる。

「マダム！」

もう来ないとあきらめていたジュヌヴィエーヴの姿を認め、ルイーズは左手を伸ばした。ジュヌヴィエーヴは駆けつけるとすぐに彼女のわきに跪き、ルイーズを抱きしめた。ふたりは強く抱き合い、自分たちだけにしかわからない痛みを分かちあった。男たちは、その後ろで、ただひたすらたじろぎ、息を殺したまま、茫然としていた。

10　一八八五年三月十五日

　ピガール広場。ガス灯の下から市の職員が竿を伸ばし、明かりをともす。雨はやんでいた。歩道はまだ濡れており、下水道の口からはまだ水があふれている。住人たちは窓を開け、木製の鎧戸の雨粒を払う。商店やカフェでは、布張りの日よけを箒の柄でつつき、たまった雨水を落としている。ガス灯の点灯人はピガール広場を横切り、夕暮れの点灯作業を続ける。

　ジャン・バティスト・ピガール通りの端までたどりついたジュヌヴィエーヴの息は荒かった。腰に手を当て、息を整える。サルペトリエール病院からここまでかなりの距離があったうえに、モンマルトルの丘は急斜面だ。ジュヌヴィエーヴは早足で歩いてきた。急ぐあまり、グラン・ブルヴァール（マドレーヌ教会からレピュブリック広場をつなぐ幹線道路）のあたりでは何度も帽子が風に飛ばされそうになった。夜遅くなるまでにピガールに着くため、仕事を早めに切り上げ、急いでやってきた。坂道を登りきる寸前になって、遠く、モンマルトルの丘のてっぺんに今、パリで大いに話題になっている新しい聖堂の建築現場（サクレ・クール聖堂のこと）が目に入り、虚をつかれた。巨大なシルエットが丘の上にそびえ、パリの人々に忘れたがっていたパリ・コミューンのことを思い出させる。

ジュヌヴィエーヴは注意深く周囲に目をやった。広場は意外なほど静かだった。新聞や小説を信じるなら、ここが魅力のある街だとは思えなかった。キャバレーと娼館がたち並び、悪人やごろつき、尻軽女や浮気男、変わり者や芸術家の集う場所だという噂だった。俗物的で刺激的なものを求めるなら、パリで最高の地区だろう。こうした表面的な噂を信じ、ジュヌヴィエーヴは一度もこの界隈に足を踏み入れたことはなかったし、噂が本当かどうか確かめようとも思わなかった。病院と自宅だけが彼女の生活のすべてであり、パリ見物をしようとか、ほかの地区を歩いてみようとは思わなかったのだ。

ジュヌヴィエーヴは右側の歩道を進んだ。角に、ヌーヴェル・アテネというカフェがある。黄色みがかった茶色の壁が特徴的だが、店内は人であふれ、赤ワイン色の椅子もほとんど見えないほどだ。長雨にうんざりし、近所の住民たちはなじみの店に逃げ込んできたようだった。熱論をかわすインテリたちの声と煙草の煙。動き回り、慣れた手つきで自分の主張を通し、追加のアブサン（当時流行していた強い酒）を注文する。黙って群集を眺め、鉛筆で手帳にクロッキーをしながら、うつむきかげんに煙草を吸っている者もいる。女たちは皮肉なまなざしを浮かべ、そそるような腰つきをしている。男たちは挑発するような口調でしゃべり、熱っぽく遊び人風の態度をとる。カフェは店ごとに雰囲気がちがう。ここヌーヴェル・アテネはある種の興奮に満ちていた。慎重な性格であり、初めてこの地区にきたジュヌヴィエーヴでさえ、店の横を通り過ぎただけで、その雰囲気を感じ取った。この店は、前衛的な人々が出会い、好奇心を刺激しあう場所なのだ。

クリシー大通りから垂直に折れて、ジェルマン・ピロン通りを進み、五階建ての建物に入る。狭い階段は、じめじめとして薄暗かった。最上階の踊り場まで登りつめると右側の扉の向こうから、女たちの笑い声が聞こえてきた。ジュヌヴィエーヴはその扉を三回ノックする。なかから足音が近づいてきた。

「どなた？」

「ジュヌヴィエーヴ・グレーズです」

扉がうすく開き、派手な赤い口紅の若い女性が見えて、ジュヌヴィエーヴはぎょっとした。この手の化粧には慣れていなかった。向こうも、ジュヌヴィエーヴの驚きぶりに気がつき、相手を頭の先から足先までしげしげと眺め、手に持っていたりんごの芯をかじった。

「なにかご用？」

「ジャンヌはいるかしら。ジャンヌ・ボードン」

「それは昔の名前。今は別の名前だね。ジャンヌ・アヴリルっていうんだ。英語風にね」

「ああ、そう」

「あんただれ？」

「ジュヌヴィエーヴ・グレーズ。サルペトリエールのね」

「ふうん」

若い女が扉を開けた。膝丈のキャミソールを着ている。これも赤だ。大きくシニヨンにまとめた髪には花が載っている。

「入りなよ」

質素なアパルトマンだったが、すぐにはサロンにたどりつけない。衣装や普段着の収納箱、足元にすり寄ってくる猫たち。鏡台、アクセサリーや宝石にあふれかえるタンス、あちこちに木製の椅子がある。サロンでは、薔薇の香水の香りと煙草の匂いが漂うなか、四人の女が床やソファに陣取り、トランプに興じている。オイルランプの光のもと、彼女たちもしどけない格好でくつろいでいた。シンプルな部屋着を身に着け、むき出しの肩に手編みのショールをかけている。煙草をふかしながら、小さなグラスでウィスキーを飲んでいた。

ソファの下は黒髪のきびきびした女性がその様子を眺めつつ、ぼやいている。

「また、リゾンの勝ちなんてありえないわよ」

「才能があるのよ」

「ずるしてんじゃないの？」

「負け惜しみ言うんじゃないよ。そんな顔しているとブスになるよ」

「あんたの香水のせいで調子が悪いんだ。ピガール広場まで匂うよ」

「少なくとも今夜は男どもの匂いがしないだけましだね」

ジュヌヴィエーヴが案内してくれた女と一緒に部屋に入った途端、いちばん若い女が彼女に気づいた。カードから手を離すと、両手をジュヌヴィエーヴに差し出しながら駆け寄ってくる。

「マダム！　びっくりだわ。どうしたの？」

「ジャンヌ、あなたに話があるの。今、忙しい？」

「ぜんぜん。台所でいいかな」

ロウソクを数本灯しただけの質素な台所で、十七歳の少女ジャンヌがコーヒーを淹れてくれた。一年以上前になるが、ジャンヌは、ほかの患者たちと一緒にあの共同寝室で過ごしていたのだ。サルペトリエールにやってきたときジャンヌは脆弱で繊細な少女だった。アル中の母親に暴力をふるわれ、てんかんの発作に苦しみ、少女は、セーヌ川に身を投げた。彼女は通りすがりの娼婦に助けられた。その後、二年間、ジャンヌはシャルコーの公開講義に協力した。こうして、彼女はダンスの身体の動き、自身の身体を使いこなすすべを知ったのだ。彼女は観客を魅了した。ただそこにいるだけで優美な肉体は雄弁だった。退院後、彼女はモンマルトルに行き、ダンスを続けた。酒場やキャバレーなど場所は選ばない。とにかく舞台で踊れば、精神の自由を奪われた子供時代を克服することができた。退院後も、二回ほど病院を訪れている。すらりとした背格好、楕円形の輪郭に整った顔だち、子鹿のような目、生意気そうな口元。彼女は人々の目をひきつけ、親近感を抱かせる。皆が、彼女の話を聞きたがり、動き回る姿を見たがる。メランコリックな雰囲気にくわえ、カリスマ性もある彼女はとても人気があった。

「ごめんなさい。お砂糖を切らしてるみたい」

「かまわないわ。座って」

ジャンヌは、ジュヌヴィエーヴにカップを差し出し、小さな木のテーブルを囲んで、向きあった。ジュヌヴィエーヴはあたたかなカップを両手で包んだ。まだ帽子も脱がず、コートも着たままだ。

窓からはピガール広場を横切る馬車の音が聞こえてくる。

「今年の舞踏会は、もう終わったの？」

「いいえ、三日後よ」

「じゃあ、今頃みんな大騒ぎね」

「ええ、忙しいわ」

「テレーズは元気？」

「相変わらずよ。編み物ばかりしている」

「彼女に編んでもらったショール、今ももってるの。眺めたり、使ったりするたびに、何だかほっとするの」

「ねえ、病院について、ちょっと話を聞きたいんだけど、ご迷惑かしら」

「迷惑なんてとんでもない」

「つらいことを思い出させるのではないかと心配してたの」

「ぜんぜん！　私、あの病院好きだったもの」

「ほんとうに？」

「あなたやシャルコー先生がいなかったら、私、ずっとあのままだった。先生方のおかげで、よくなったんだ」

「でも……。今から考えると、いやだったことも、あるんじゃない。一度もなかった？」

ジャンヌは驚いた顔でジュヌヴィエーヴを見た。しばらく考え、窓のほうを見る。

「あそこで初めて、愛されてるって感じることができた」

ジュヌヴィエーヴも窓の外に目をやる。ここにきて、あれこれ聞くことには後ろめたさがあった。ジャンヌに対してではない。病院に対してだ。病院を裏切っているような気がした。これまで病院の方針に反感を抱いたことは一度もなかった。ジュヌヴィエーヴは誰よりも、医者の卵たちよりもずっと、病院のよき理解者だった。施設の評判も、所属する医師の名声も、彼女にとって尊敬に値するものだった。いや、それは今も変わらない。だが、疑いが生じてしまった。ある日ふと疑問に思うことさえ許されないのだろうか。素朴な疑問を抱くことさえ許されないほど、ひとつのことをずっと信じ続けることが、果たして理性的と言えるだろうか。もしその正当性が確実なものではないのなら、そこにこだわり続ける意味はあるのだろうか。もっと自分の感覚を信じてはいけないのだろうか。これまで信じてきた病院の在り方について、自分の信念を曲げてまで、忠義を示し続ける必要はないのではないだろうか。

ジュヌヴィエーヴは、ルイーズのことを考えていた。今朝、汽車でパリに戻るとすぐに馬車をつかまえ、サルペトリエール病院に駆けつけた。病院に着くと、講堂にむかって走った。ルイーズの叫び声は、講堂入り口の両開き扉にたどりつく前から、聞こえていた。何しろ、病院じゅうに響き渡っていたのだ。入るなり、まず彼女が衝撃を受けたのは、そこにいる男たちのふがいなさだった。ルイーズが壇上に横たわっている。左腕をふりまわし、叫び、助けを求めているのに、誰も何もしようとしない。絶望するルイーズの姿に圧倒され、石になったように固まっている。ジュヌヴィエーヴは、すぐに状況を把握した。遠くから見ただけでも、右半身が麻痺しているのがわかった。ジュヌヴィエーヴは壇上に登り、困惑する男たちをかき分け、とにかくルイーズを抱きしめた。何も考えず、本能的に行動するなんて初めてのことだった。そもそも、患者を抱きしめたことなんてなかった。もっと言えば、誰かを抱きしめたことさえない。彼女が最後に抱きしめたのは、妹のブランディーヌだった。

ジュヌヴィエーヴは、ルイーズが泣き止むまでずっと抱きしめていた。それから、疲れ果てたルイーズを共同寝室に連れて行った。講堂では、医師が茫然とする聴衆に謝罪の言葉を述べていた。

お昼前、ババンスキーがジュヌヴィエーヴに説明したところによると、その日の催眠治療はいつもより深みに迫るものとなり、ヒステリーの発作もいつもより激しいものとなった。そのせいで、右半身の麻痺が起きたのだという。

「実に珍しいケースであり、研究上とても興味深い。このケースについてさらに研究していきたい。次回の講義では、麻痺を回復させよう」

説明を聞いてジュヌヴィエーヴは当惑した。行きも帰りも二晩続けて、汽車で眠ったため、疲れ果てていたせいだろうか、彼女は、動揺を隠せなかった。父の口から非難の言葉を聞いて以来、ジュヌヴィエーヴは神経が昂ったまま、冷静さを失っていた。その日は、もう何も考えまいと心を決め、仕事に集中することにした。だが、午後になり、たまたま二人の患者がジャンヌ・ボードンの名を口にするのを耳にし、彼女に会いたくなった。彼女ならこの病院のこともわかっているし、今は外の世界で暮らしている。ジュヌヴィエーヴは内外の事情がわかる人と話がしたくなったのだ。

ジャンヌは立ち上がると、台所の棚からマッチを取った。エプロンのポケットから煙草を出し、火をつける。立ったまま、じっとジュヌヴィエーヴを見つめる。二年間、同じ場所で生活したときのことを思い出す。ジュヌヴィエーヴは窓のほうを見ている。いつも厳しい顔をしていたし、この先もずっと変わらないと思っていたのに、その日、ジュヌヴィエーヴの顔には、厳しさではなく、愁(うれ)いの表情が浮かんでいた。

「マダム・ジュヌヴィエーヴ、変わりましたね」

「そう？」

「ええ、目を見ればわかる。前と違うもの」

ジュヌヴィエーヴはコーヒーを一口飲み、カップをじっと見つめた。

「そうかもしれないわね」

サルペトリエール病院では、つかの間の日差しが、午後のはじまりを明るく照らしていた。永遠に降り続くかと思えた長雨があがったことで、気持ちが軽くなり、庭に散歩に出る患者たちもいた。礼拝堂に行く者もある。マリア像やキリスト像を前に頭を垂れ、小声で、あるいは無言で祈りをささげる。病気が治りますようにと祈り、もう顔も忘れそうなほど会っていない夫や子供のために祈る。特に理由はなくても、ここで祈れば、誰かに届くような気がする。看護婦やほかの患者には話せないことを神様に聞いてもらいたいのだ。

共同寝室に残った患者たちは、舞踏会に着る衣装の最後の仕上げに余念がない。女性たちが座るベッドを日の光が照らしている。ひとりで、または数人で集まり、楽しそうにはさみと針を使い、布を折ったり、貼ったり、刺繡をしたりしている。舞踏会まであと三日だ。期待が高まり、ときに甲高い笑い声や幸せそうな声が響く。

共同寝室の片隅、縫い物に興じる者たちから離れたところでは、テレーズがルイーズの髪をやさしく撫でている。この部屋でいちばん古い患者、テレーズはいつもの編み物をやめ、ルイーズにつききりだ。ルイーズは右腕を曲げ、動かぬ手を胸にあて、あおむけに横たわり、髪を撫でるテレーズの手に身をまかせていた。昨日からルイーズは一言も言葉を発していなかった。そのまなざしはあてもなくさまようばかりで、何も見ていない。看護婦が数時間おきにパンやチーズを持ってきては何とか食べさせようとする。特別にチョコレートをひとかけ与えられたが、ルイーズはそれさえも口にしようとしなかった。シーツをかぶり、石のように動かない。

ウジェニーは隣のベッドからその様子を見ていた。ジュヌヴィエーヴの許可が出て、昨日から共同寝室で皆と一緒に過ごすようになっていた。ウジェニーが共同寝室にやってきたのとちょうど同じ頃、ルイーズが半ば気絶した状態で運び込まれた。テレーズは編み物をやめ、変わり果てた姿で戻ってきたルイーズを迎え入れた。

「ああ、ああ、ルイーズ、あいつらに何をされたんだい」

看護婦を手伝い、ルイーズを寝かしつける間、テレーズは涙をこらえていた。共同寝室には不穏な空気が広がった。だが、一夜が明け、少女たちはまた舞踏会の準備で楽しそうにしている。

ウジェニーはベッドの上にあぐらをかき、胸の前で腕を組んでいた。ルイーズの姿を前に、言葉にならない怒りが胸を締めつける。何もできることはないとわかっていた。看護婦や医者たち、とくにあの医者、そしてこの病院に歯向かうことなどできない。ちょっとでも反抗的な言葉を口にしただけで、隔離室行きか、顔にエーテルを当てられてしまうのだから。

窓の向こう、庭園に目をやる。遠く、陽光の差し込む並木道に散歩する女たちが集まっているのが見える。その姿を見ていたら、子供の頃に同じような光景を目にしたことを思い出した。両親に連れられてモンソー公園に行ったときのことだ。春や夏、日曜日に遊歩道に沿って歩き、木陰の多い小道に入ったり、池や列柱を眺め、白い欄干の橋を渡る。ときに遊んでいる子供にでくわしたり、美しく化粧した女性や、杖を振り回して熱弁をふるうブルジョワ紳士と出会ったりもした。家族で芝生に座りピクニックをしたこともある。掌に感じたみずみずしい草の感触、厚い樹皮を撫でて遊んだスズカケの木、さえずりながら枝を飛び交うスズメ、日傘とクリノリン（腰をふくらませたドレス）の女たち、犬を追いかける子供たち。黒いシルクハットと花帽子。時間がとまったかのような平和に満ちた光景。あの頃は、兄も自分も将来のことなど考えず、今その時の幸せを満喫していた。

ウジェニーは首を振り、郷愁を振り払った。メランコリーに浸るなんて、自分らしくない。だが、ちょっと昔を思い出しただけで倦怠感に襲われ、立ち上がる気力さえなくなってしまう。

すぐ横のベッドでは、ルイーズがテレーズに丸くて白い、月のような顔を向け、ようやく口を開いた。

「ねえ、テレーズ、私は愛してもらえないわね」

久しぶりに言葉を聞いたことに驚き、次の瞬間、安堵の表情を見せたテレーズは、眉をあげ微笑み返した。

「誰のこと？」

「ジュール」

思わず天を仰ぎそうになったが、それをこらえてルイーズの髪を撫で続ける。

「彼はあなたを愛しているんでしょ。自分でそう言ったじゃない」

「うん、でも。こんなんじゃ」

「治るわよ。シャルコー先生が麻痺を治療したのを見たことあるもの」

「でも、もし、治療してもらえなかったら？」

テレーズは黙った。シャルコーが麻痺患者を治したのを見たことはなかった。嘘をつくのは後ろめたかった。でも、必要な嘘は、存在するし、耳に快いものなのだ。

そのとき、共同寝室の入り口から女性の声が響き、ルイーズを囲んでいたウジェニーとテレーズは思わずはっとした。

「テレーズ！」

三人とも声の主を振り返る。戸口に看護婦がいて、テレーズを手招きしている。

テレーズはルイーズの肩に手を置いた。会話が中断されたことで少しほっとしていた。これ以上、嘘はつきたくなかったのだ。

「ルイーズ、診察に行ってくる。戻ってくるまで待っててね。ひとりにしないから安心して」

テレーズは、ウジェニーに微笑みかけ、ベッドから立ち上がった。共同寝室の出口で、テレーズはちょうど部屋にやってきたジュヌヴィエーヴと出会い、身をこわばらせた。ふたりは見つめあったまま、しばらく動かなかった。テレーズは恨みがましい目でジュヌヴィエーヴを悲しそうに見つめた。

「ジュヌヴィエーヴ、あの子を守ってくれなかったのね」

ジュヌヴィエーヴを残し、テレーズは立ち去った。テレーズの言葉はジュヌヴィエーヴの胸に突き刺さった。ルイーズのほうを見る。ルイーズのベッドの足元にウジェニーが立っていた。ウジェニーは動かない。頭を軽く右に傾け、肩越しに何かの音、誰かの声を聴いているかのようだ。共同寝室にいるほかの患者は気づいていない。間近に迫った舞踏会の衣装のことで頭がいっぱいなのだ。看護婦たちは、数人で集まった患者たちが興奮しすぎないように気を配っている。

ジュヌヴィエーヴは、ほかの患者から離れているルイーズとウジェニーのもとに向かおうとした。ルイーズのすぐ横でウジェニーは動かない。髪は頭のてっぺんに結い上げてあり、優美でまっすぐなうなじがよく見える。顔は横を向いたままだ。耳をすましている。時々、そっとうなずく。ごくわずかな動きであり、ジュヌヴィエーヴでさえ、じっと観察していなければ見逃していたかもしれない。

ウジェニーはルイーズの左肩に手を置いた。そして、ゆっくりと音を立てず、ほかの人に気づかれぬように、ルイーズに顔を寄せ、歌いだした。

「わたしのかわいいお嬢ちゃん、
おまえの肌はミルクのようね、

なんてきれいな輝くひとみ。

自分では気づいていないのでしょう。

じっとそばで見ていると、
私のこころもきらめくの」

ルイーズが大きく目を見開き、ウジェニーを見る。

「それ、ママが私に歌ってくれた歌よ」

左手を胸にやり、動かない右手をつかむ。思い出がよみがえってきたのだ。

「どうしてその歌を知っているの？」

「あなた、前に歌っていたじゃない」

「えっ、そう？」

「ええ」

「覚えてないわ」

「三日後の舞踏会、あなたが出れば、お母さんも喜ぶわ」

「ううん、ママはきっと、こんな私、みにくい子だって思う」

「そんなことない。あなたのことをきれいだって思うはず。あなたのママは、あなたがきれいなドレスを着て、音楽を楽しんでほしいと思っている。音楽好きなんでしょう」

「うん」

ルイーズはいらだちを抑えられず、左手で右手を軽く叩き続けていた。何か言いたげに口をとがらせている。しばらく沈黙した後、ルイーズは乱暴に毛布をつかみ、シーツを引っ張り上げて顔を隠した。外から見えるのは、白い枕に広がる豊かな髪だけだ。

ウジェニーが向きを変えた。自分のベッドに片手を伸ばし、今にも倒れそうな様子で、マットレスに座り込む。力尽きたかのように、全体重をベッドに預けたかと思うと、もう片方の手を顔にやり、大きく息を吸いこんだ。

ジュヌヴィエーヴはあえて少し離れたところからふたりを見ていた。何が起こったのか、わかった瞬間、思わず息をのんだ。ほんの数秒とはいえ、息をするのも忘れていた。そして、ようやくわれに返った。奇跡を見た。自分が当事者でないだけに、また別の感動があった。

ジュヌヴィエーヴはウジェニーに歩み寄った。ベッドに身を縮めていたウジェニーは、足音に気がつき、青ざめた顔をあげた。ジュヌヴィエーヴに気がつくと、ベッドの上に身を起こす。

「今の、見ていたわ」

ふたりはしばし見つめあった。あの晩、ジュヌヴィエーヴに父親が倒れたことを告げて以来、話をしていなかった。あの日、ウジェニー自身もあんなかたちでブランディーヌのメッセージを受け取ったことに驚いていたのだ。一時間経ち、あきらめかけたところで、とつぜん部屋全体の空気が重くなり、急激な倦怠感に襲われた。ドアまでが、ジュヌヴィエーヴが部屋から出ることを拒み、部屋じゅうのなにもかもが霊に支配されていた。あの晩、ブランディーヌの姿は見えなかった。でも、ブランディーヌの声が告げたとおりの光景が見えたのだ。まるで彩色された写真のように、アルバムをめくっているかのように生々しく、細部まではっきりと見えた。ジュヌヴィエーヴたちの父、実家の台所、父親が夕食時に座るテーブル。タイルの床に腹ばいに横たわる老人の姿。目の横の傷口。墓地の光景も見えた。二つの墓石。ジュヌヴィエーヴの母と妹が眠る場所。父が供えたチューリップの花。ブランディーヌの声には焦りと熱意があった。ジュヌヴィエーヴを説得しなければ。そして、ジュヌヴィエーヴは信じてくれた。ジュヌヴィエーヴが部屋を去るのと同時に、ブランディーヌもいなくなった。ウジェニーはベッドに横になり、眠れない夜を過ごした。あまりのことに動揺していたのだ。死者の姿を見たり、声を聴いたりすることをようやく受け入れたばかりだというのに、今度は別のものまで見えるようになった。想像して思い浮かべるのとは違う。本当にその光景が見えるのだ。まるで、自分が何らかの道具のように扱われ、身体をのっとられるような感覚があった。自分のエネルギーや能力が、メッセージを送るための霊媒として勝手に利用され、ひとたび用が済むと、疲労困憊した状態で置き去りにされる。何が起ころうと自分ではコントロールできない。肉体的にも精神的にも、こんなに深くまで、何もかも奪われることに何の得があるというのだろう。こんな才能をもっていても何の役にも立ちやしない。

そう思い始めると、いつまで経っても苦しみが彼女につきまとった。この悩みを解決できる人はこの世にひとりしかいない。ここにいては彼に会えない。彼はサン・ジャック通りにいるのだ。

ジュヌヴィエーヴは監視役の看護婦に目を走らせた。いつもの厳格な調子を取り戻すと、ウジェニーのベッドを指す。

「シーツを直しなさい」

「急にどうしたの？」

「皆が見てる。親し気に話しているとへんな目で見られる。さあ、シーツを直して」

　ウジェニーもこちらをじっと見ている看護婦の視線に気がついた。気怠い身体で立ち上がり、羽根枕を軽く叩く。ジュヌヴィエーヴは人差し指を立て、あれこれ指示を与えているふりをしながら、しゃべりだす。

「さっき、ルイーズのためにしたこと、見ていたわ。すごいわね」

「さあ、大したことないわ」

「マットレスと台のあいだにちゃんとシーツをはさんで！　何でそんなこと言うの？」

「すごくもなんともない。ただ声を聴いただけ。それだけよ」

「誰もがうらやむ才能だわ」

「誰かにかわってもらえるなら、喜んでこの才能をお譲りするわ。こんなの疲れるだけで何の役にも立たない。さあ、ベッドがきれいになったら、次はどうするの？」

「ほかのベッドもきれいにして」

　ふたりは隣のベッドに移り、ウジェニーはシーツや毛布を伸ばしたり、畳んだり、枕を叩いたりして整え、ジュヌヴィエーヴは手順を指示していった。

「役に立たないなんて、思い違いよ」

「私になにを期待なさっているんでしょう。要求どおり、証拠を見せたのだから、私に協力してくれるんでしょうね」

ウジェニーは怒りにまかせて枕をマットレスにたたきつけた。看護婦たちの視線がふたりに集まる。看護婦たちはウジェニーから目を離さない。エプロンのポケットに手を入れ、すぐにエーテルの小瓶が取り出せるようにして、ウジェニーを警戒している。

だが、緊張は続かなかった。息を殺すような静けさのなかに、とつぜん声が響いたのだ。

「マダム・ジュヌヴィエーヴ！」

看護婦がひとり部屋に入ってきたかと思うとジュヌヴィエーヴに駆け寄った。白いエプロンが血に染まっている。縫い物をしていた患者たちも手を止め、取り乱した様子でベッドのあいだを走る看護婦を見つめている。

「マダム、すぐに来てください」

「どうしたの？」

「テレーズが！」

真っ青な顔で駆けてきた看護婦はジュヌヴィエーヴの前で立ち止まった。

「先生がテレーズにもう治ったから退院していい、って言ったんです」

「それで？」

「テレーズがはさみで手首を切りました」

共同寝室に悲鳴が響き渡った。患者たちは立ち上がり、その場で地団駄を踏む者、ベッドに崩れ落ちる者とパニックが広がる。とつぜん興奮状態に陥った患者を落ち着かせようと看護婦たちが駆け寄る。陽気な雰囲気は一掃された。ルイーズが毛布を下げ、怯えた顔をのぞかせた。

「テレーズが？」

ジュヌヴィエーヴも息が止まりそうになった。患者たちのあいだにパニックの波が広がり、彼女を戸惑わせた。これ以上自制がきかない。これまでかろうじて維持してきた均衡が崩れ、あとはもう斜面を転がり落ちていくしかない。

「マダム、来てください」

看護婦の声でわれに返り、ジュヌヴィエーヴは急いだ。その背中をウジェニーが見つめる。ウジェニーは両手で枕を持ち、胸に抱きしめていた。その後ろではルイーズが泣いている。ウジェニーも泣きたかった。だが、涙をこらえた。疲れた顔でベッドに腰を下ろすと窓の外に目をやる。遠く、庭園の芝生には光が差していた。


ジュヌヴィエーヴは扉を三回ノックした。大きく息を吸い、両手を背中に回したものの、落ち着かないまま指を動かし続けている。外はすでに夜になっていた。病院の廊下は静まりかえっている。

ドアの内側から応じる声がした。

「どうぞ」

ジュヌヴィエーヴはドアを開けた。教授室では、男が机を前に座っている。前かがみになり、羽ペンで日誌を書き終えようとしているところだった。

室内は厳かなまでに静かだった。数台のオイルランプが壁や、家具を照らし、目にした症例を書き留める作業を終えようとしているがっしりとした男の姿を浮かびあがらせていた。吸い殻から立ち上る煙草の匂いが書物やあちこちに置かれた大理石の胸像のあいだを漂っている。

ジュヌヴィエーヴはおずおずと歩み出た。男は両腕を机に置いたまま、書き物に没頭している。白いシャツの首元には細めの黒いネクタイがきちんと結ばれている。チョッキと上着も暗色でそろえられていた。どんなときにも堂々としている。ひとりの時も、聴衆と向き合うときも、彼がそこにいるだけで圧倒される。ジュヌヴィエーヴは一度として対等に扱われたことはない。

「シャルコー先生」

男は真剣な顔のまま、ジュヌヴィエーヴを見た。垂れさがった瞼や厚ぼったい唇のせいで、彼はいつも深刻そうな顔をしており、威圧的なのだ。

「ああ、ジュヌヴィエーヴ。どうぞ、おかけなさい」

ジュヌヴィエーヴは向かいの席に腰を下ろした。この男を前にしただけで、落ち着かない気分になる。ジュヌヴィエーヴだけではない。患者のなかにはシャルコーの手が触れただけで失神してしまう者もひとりならずいた。一方で、発作を起こしたふりをしてシャルコーの気を引こうとする患者もいる。ごくまれにシャルコーが現れると、共同寝室の空気ががらりと変わる。彼が来るなり、まるで後宮のように女たちが彼に甘え、愛敬をふりまき、熱があるふりをしたり、泣いたり、ため息をついたり、十字を切ったりする。若い看護婦たちは怯えた少女のようにひきつった笑顔をつくる。シャルコーは、理想の男性であり、失った父親の代役であり、尊敬する医者であり、心と魂の救世主でもあるのだ。回診に同行する医者や研修生たちもまた、彼に尽くし、彼を尊敬し、ただ黙々と従う崇拝者であり、こうした取り巻きの存在が彼の権威を高め、病院の支配者としての地位を絶対のものにしている。

シャルコーはこの病院で、異常なまでに崇められてきた。表には出さないものの、ジュヌヴィエーヴも献身的に彼の権威を支えてきた。神経学は科学、医学の最も洗練された成果だと信じてきたからだ。ありふれた夫婦関係よりも、シャルコーを師と仰ぎ、愛弟子となることを目指し、誇りに思ってきた。

静かな部屋でシャルコーはカルテの記入を続けている。

「ここに来るなんて珍しいですね。なにかお困りですか」

「患者のウジェニー・クレリについてご相談があります」

「このサルペトリエールには大勢の患者がいるんです。名前を言われてもね」

「死者と話せると言っていたあの患者です」

シャルコーは書くのをやめ、ジュヌヴィエーヴのほうを見た。羽ペンをインク壺に戻し、椅子に座りなおす。

「ああ、ババンスキーから聞いたよ。本当かね」

ジュヌヴィエーヴもこの問いは覚悟していた。ウジェニーが死者と会話したと明かせば、異端者とみなされるだろう。治療の対象ではなく、幽閉されることになり、外に出られる可能性はなくなる。かといって、出まかせだと言えば、早々に虚言癖のレッテルを貼られる。

「私が観察した限りにおいて、彼女には何の異常も見受けられません。ここでほかの患者と同じ扱いを受ける理由がないのです」

シャルコーが眉をひそめる。しばし考えたあと、さらに質問を続ける。

「いつから入院しているんですか」

「三月四日からです」

「退院を判断するには時期尚早でしょう」

「でも、健常な女性を、患者たちと一緒に置いておくことが適切とは思えません」

シャルコーはジュヌヴィエーヴを一瞥した。椅子をきしませながら後ろに引き、その場に立ち上がる。一歩踏み出すごとに床が鳴る。後ろの文机にある葉巻の箱をあける。

「もしその患者が本当に声を聞いたというのならば、何らかの神経系の異常のせいだろう。一方、ただの嘘ならば、精神病と考えられる。自分はジョゼフィーヌ・ド・ボアルネ（ナポレオンの妻）だとか、聖母マリアだとか言い出す患者がいるのと同じことだ」

ジュヌヴィエーヴはいらだちを感じ、椅子から立ち上がった。シャルコーは机の向こうで葉巻に火をつける。

「先生。言わせていただきます。ウジェニー・クレリはほかの患者とまったく違います。長年この病院で働いてきたからこそ、私にはわかるんです」

「いつから、患者の味方になったんだい、ジュヌヴィエーヴ？」

「聞いてください。あと二日で舞踏会です。この時期、看護婦たちは非常に忙しいんです。特にクレリ嬢のいるグループは、ルイーズの件とテレーズの件で大きくショックを受けています。何の病的兆候もない若い女性をあの環境におくことは……」

「だが、隔離室に入れたではありませんか」

「何のことでしょう」

「診察のあと、あの患者を隔離したのでしょう？」

「診察のあと、ババンスキーから彼女が尋常ならぬ抵抗を見せたと報告を受けました。それがあったから、あの患者を隔離したのでしょう？」


痛いところを突かれた。それでも、ジュヌヴィエーヴは下を向くまいとした。弱みを見せたら負けだ。医者たちがどう見るかは熟知している。ずっと父の目に対峙してきた。医師たちは、職業病ともいうべき観察力をもっており、ちょっとしたトラブル、ひきつり、弱みも見逃さない。望もうが望むまいが、彼らは人を「読む」のだ。

「確かに隔離室に入れました。様子を見るためです」

「あなた自身、この患者が異常であることは見てわかっていたはずです。虚言症にしろ霊媒にしろ、彼女は攻撃的で危険な存在です。この病院に収容されてしかるべきでしょう」


葉巻を片手にもったままシャルコーは再び腰を下ろした。インク壺からペンをとると、再び書き物に戻る。

「ジュヌヴィエーヴ、今後はこのように特定の患者について私を煩わせるのはご遠慮願いたい。あなたの仕事は患者の管理であって、診断ではない。どうか、自分の職務の範疇(はんちゅう)から逸脱しないでいただきたいものだね」


シャルコーの言葉は爆音のように部屋じゅうに響き渡った。彼は書き物に戻り、たった今、戒告した相手の存在など忘れたかのようだった。同じ部屋に二人きりだというのに、シャルコーの態度は、ジュヌヴィエーヴにとってあまりにも屈辱的だった。自分は下っ端の看護婦、患者の世話係としか思われていない。自分は、シャルコーが赴任する前から、ここ、サルペトリエール病院で働いてきた。それでもなお、これまで尊敬してきたこの医師にとって、彼女の長年の功績、献身は大した意味をもたず、その意見に耳を傾ける価値があるとさえ思われていないのだ。

ジュヌヴィエーヴはしばし茫然としていた。言葉が出てこなかった。子供の頃、父の部屋で叱られたときのように、肩をすくめ、こぶしを握りしめて泣くのを我慢していた。再び仕事に没頭し、もはやジュヌヴィエーヴの存在が目に入らない様子の医師をこれ以上、邪魔するわけにはいかない。ジュヌヴィエーヴは反論もせず、無言のまま、教授室を出て行った。

11　一八八五年三月十七日

美しい陶磁器のカップにコーヒーが注がれる。スプーンやフォークが軽く音を立てる。今朝買ってきたばかりのパンはまだ温かい。二つに割ろうとすると指をやけどしそうだ。雨が窓ガラスを打っている。

テオフィルは湯気を立てる黒い液体をただ意味もなくスプーンでかき回していた。家族で囲む無言の朝食は耐えがたいものだった。皆、テオフィルの向かい、空っぽの椅子についてふれるのを避け、沈黙を守っている。まるで、彼女が最初から存在していなかったかのように、ウジェニーの名を口にする者はいなかった。すでに二週間が過ぎたが、彼女がいなくなってもクレリ家の生活は何も変わっていなかった。無言の朝食もいつもどおりだ。パンにバターを塗り、ビスケットをお茶に浸し、オムレツを食べ、熱いコーヒーに息をふきかけてさます。

ぼんやりしていたテオフィルは、声をかけられ、ようやくわれに返った。

「テオフィル、食べないの?」

テオフィルは顔をあげた。隣に座った祖母が彼を見つめたまま、お茶を口にふくんだ。祖母の笑顔を見るだけで耐えられなかった。テオフィルはテーブルの下で拳を握りしめた。

「食欲がないんだ」

「このところ、朝は食が進まないのね」

テオフィルは答えなかった。一見したところやさしそうなこの祖母が、孫娘の信頼を裏切るようなことをしなければ、テオフィルが食欲を失うこともなかっただろう。老女の顔には偽りの笑みがあった。祖母は、やさしくて、親切な人だと思われている。その手は幼な子の頬を愛撫し、青い目はいつも誰かを見守ってきた。だが、祖母はウジェニーを裏切った。彼女があんな仕打ちをしなければ、ウジェニーは今朝も一緒に朝食をとっていたはずなのだ。年を重ねても記憶力はしっかりしている。ふだんから考え深いとはいいがたいが、ウジェニーの信頼の証である告白を他人に漏らしたりしたらどうなるか、結果は想像できたはずだ。

テオフィルはウジェニーを裏切った祖母を恨んでいた。だまし討ちをするように、妹を入院させた父を責め、いつもながら父に対し従順で弱気な母を責めていた。静かな食卓をひっくり返したかった。皿やカップを床に投げ捨て、ひとりひとりに詰め寄って非難したかった。だが、彼は動かなかった、すでに二週間、何もしない自分はほかの家族と同じぐらい卑怯だ。彼自身、妹の入院に加担したのだ。父の命令に従ってしまった。妹にあらかじめ話をしておくこともできなかった。あの陰気な病院に連れて行くときだって、助けてと懇願していた妹を、自分は父とともに病院のなかまで引きずっていった。自分を恥じる気持ちが広がり、テオフィルは何も言えなくなってしまう。テーブルに同席する家族を非難することはできない。彼自身も同罪だからだ。家族全員、祖母のせいで罪びとになってしまった。

そのとき、玄関の呼び鈴が鳴り響き、クレリ家の面々を驚かせた。ルイが紅茶を載せたお盆をテーブルに置き、サロンを出て行く。テーブルの奥に座ったフランソワ・クレリがチョッキのポケットから懐中時計を取り出して言った。

「こんな早い時間に来客なんておかしいな」

ルイがサロンに戻ってきた。

「ご主人様、サルペトリエール病院のジュヌヴィエーヴ・グレーズさんがお見えです」

病院の名に全員が凍りついた。まさか、この病院の名を聞くとは思っていなかったし、そもそも、病院の名など耳にしたくなかったのだ。驚きのあまり沈黙したあと、ようやく父が眉をひそめたまま、口を開いた。

「いったい、何の用だ」

「さあ、わかりません。ご主人様にお目にかかりたいとおっしゃってます。テオフィル様にもご同席願いたいとか」

テオフィルは椅子から立ち上がり、顔を赤らめた。病院から使いが来たのは彼のせいであるかのように皆の視線が集まる。父は、不満げな顔でナイフとフォークをテーブルに置いた。

「テオフィル、来訪があるのを知っていたのか」

「いいえ、そんなわけないでしょう」

「おまえが会ってこい。私は手が離せないということにしてくれ。そんなことにかかずらうほど暇じゃないんだ」

「うん、わかった」

テオフィルはぎこちない動きで立ち上がるとナプキンをカップの横に置き、玄関に向かった。

玄関ホールでジュヌヴィエーヴが待っていた。両手でもった傘からは冷たい雨のしずくが垂れている。ブーツや服の裾も濡れている。彼女の足元に、小さな水たまりが広がっていく。

ジュヌヴィエーヴは片手でおくれ毛と帽子を直した。父親は出てこないだろうと予想していた。ひとたび娘が病院送りになると、家族だろうともう誰も関心を示さなくなる。クレリ氏も例外ではないだろう。入院させた娘のことなど、名前を口にすることすら不名誉だと思っている。彼らの世界では、娘を守ることよりも、家名を守ることのほうが大事なのだ。クレリ家のなかで、唯一頼れそうなのはウジェニーの兄だけだった。あの青年は、ウジェニーに会いに来た。自分を責めているにちがいない。あの青年に協力してもらおうとジュヌヴィエーヴは考えた。

しばらく前から彼女のなかで起きていた変化は、昨日、病院から家に帰る途中で、ついに決定的なものになった。最初は、シャルコーの言葉に打ちのめされた。ここ数日の出来事、父のことから始まり、ルイーズのこと、テレーズのことがあった直後だけにシャルコーの言葉でとどめを刺され、二度と立ち直れそうにないとさえ思った。もう何も望むまいとさえ思った。すべてが崩壊し、支えを失ったような気持ちになり、病院を辞めることまで考えた。

だが、パンテオンに向かって歩く途中で、別の感情が徐々に広がっていった。実に二十年以上にわたり、職務に従事し、心を砕き、ときに徹夜までしてサルペトリエール病院で働いてきた。すべての廊下、建物の隅々、患者たちの顔、病院のことなら誰よりもよくわかっている。シャルコー医師よりもずっと詳しい。それなのに、シャルコーは彼女の言葉に耳を傾けようとはしなかった。彼を尊敬してきたのに、彼は高みから、片手をひと振りするだけで、彼女の意見を却下した。話を聞かないだけではなく、聞きたくないという態度だった。そもそもこの病院で、彼女の意見に耳を傾ける男は誰もいない。

歩いているうちにだんだん怒りがこみあげてきて、ついに反抗心に火がついた。単に腹を立てただけではない。これは反抗なのだ。子供の頃、司祭や助祭に対して抱いた反抗心と同じなのだ。あの頃、聖職者たちは彼女の無信心を責め、個性を否定した。嫌がらせをされたり、行儀よくふるまえ、おとなしくしていろと言われたりしたものだ。だから、田舎を離れた。そして、病院で働くようになって、ようやく居場所ができたと思えるようになった。それなのに、彼女が得たのは自分の働きに対する正当な評価ではなく、シャルコー医師の采配次第でひっくり返されるちっぽけな役職でしかなかったのだ。

感情の暴走だと思われるかもしれない。ちょっと諫められただけで、ここまで怒る必要はないのかもしれない。だが、相手が間違っていると思ったら、とことん立ち向かうのが彼女の流儀だった。相手がシャルコー医師だろうとそれは変わらない。

ジュヌヴィエーヴは決意した。ウジェニーを助ける。ウジェニーが自分を助けてくれたように。

玄関先まで出てきたテオフィルは、ジュヌヴィエーヴがあのときの主任看護婦だと気づいた。緊張でのどが詰まる。彼はジュヌヴィエーヴに歩み寄った。

「ご用件は？」

ジュヌヴィエーヴは、テオフィルの後ろに誰もいないことを確認してから話し始めた。

「お父様は？」

「手が離せないんです。申し訳あり……」

「謝らないで。ちょうどいいわ。あなたにお会いしたかったんです」

「僕に？」

今度はテオフィルが、振り返って廊下に誰もいないことを確認し、声をひそめた。

「僕があなたにお預けした本のことでしたら、どうか内密に」

「そのことではありません。あなたに助けてほしいのです」

ジュヌヴィエーヴはテオフィルに歩みより、耳打ちした。廊下の奥の扉は開いており、サロンの家具が見えている。だが、食堂で朝食をとっているはずの家族の姿は玄関からは見えない。

「妹さんはサルペトリエール病院から出なければなりません」

「何ですって、そんなに重症なんですか」

「いえいえ、まったく。妹さんは病気ではありません。それなのに、医者は退院許可を出そうとしないんです」

「でも、まったく健常だというのなら、何で……」

「一度入院した者は、そのまま一生とどまるんです。稀なケースを除いて」

テオフィルは、不安げな顔で廊下を見やり、誰も来ないことを確かめた。いらだたしげに髪に手をやる。

「僕に何ができるというのでしょう。僕はウジェニーの保護者じゃない。退院させるなら、父が動かないと」

「でも、お父様はそうしない」

「ええ、絶対に」

「明日、病院で舞踏会があります。あなたを招待します。お名前はクレランとしておきました。患者……、いえ妹さんの血縁者だと気がつかれないようにするためです」

「明日？」

「ええ、ふたりきりになれるようにします。人が多くて騒がしいので、少しぐらい誰かがいなくなっても気づかれることはありません。病院の門から出て行けるように取り計らいましょう」

「でも、でも、妹をこの家に連れて帰るわけには……」

「あと一日半ありますから、どこか、かくまってくれる場所を見つけておいてください。雨風しのげる小部屋なら、どこにしたって、今、彼女がおかれている場所よりはましです」

そのとき、サロンの入り口から声がして、ふたりを驚かせた。

「テオフィルぼっちゃま、どうかなさいましたか？」

サロンの入り口に背筋を伸ばしてルイが立っている。テオフィルは震える手で、ルイに応えた。

「ああ、だいじょうぶ。マダムはもうお帰りになるそうだ」

ルイはしばらくこちらを眺めた後、姿を消した。テオフィルは落ち着かない様子で廊下をうろうろし始めた。さきほどからずっと髪をかきむしっている。

「とつぜんすぎて、何と申し上げればいいのか」

「妹さんに自由になってほしいですよね？」

「ええ、ええ、それはもちろん」

「ならば、私を信じてください」

テオフィルは足を止め、ジュヌヴィエーヴの顔をじっと見つめた。以前、目にしたときの彼女とは印象が違う。確かに、彼が本を託したのはこの人物だった。だが、顔つきがまったく違うのだ。あの時は、彼女を怖いと思った。しかし今の彼女にならば、何もかも打ち明けられそうな気がする。

テオフィルはジュヌヴィエーヴに歩み寄った。

「どうして、妹を助けてくれるんですか」

「妹さんが私を助けてくれたからです」

どうやら言葉以上の思いがこめられているようだった。テオフィルはいくつか質問をしたくなった。実はこの二週間、ずっと考え続けていた疑問がある。この女性ならば、本気でその疑問に答えてくれそうな気がしたのだ。口をひらきかけたものの、言葉にはならなかった。彼自身、答えを聞くのが怖かったのだ。

ジュヌヴィエーヴは、そんなテオフィルの躊躇を察したのか、自分から先に話し出した。

「妹さんは異常者ではありません。彼女は人々を救うことができる。でも、このまま病院にいたら、それができないんです」

サロンから食器の音が聞こえてきた。ジュヌヴィエーヴはテオフィルの腕をつかんだ。

「明日、明日の夕方六時です。これほど好都合な機会はありませんからね」

ジュヌヴィエーヴは腕から手を離し、ドアを開けるとアパルトマンを出て行った。うすく開いたままの扉から、足音を立てず凜とした足取りで階段を下りていく姿が見える。テオフィルは思わず胸に手をあてた。手のひらから早鐘を打つ鼓動が伝わってきた。


テレーズは目を覚ました。重い瞼を開くと、共同寝室は薄暗かった。すでに日が暮れている。オイルランプの光が部屋を照らし、動き回る女性たちのシルエットを浮かび上がらせていた。こんなふうにはしゃぐ姿はもう見慣れたものだった。舞踏会の前夜は毎年こうなのだ。せかせかと動き、甲高い声で笑い、こんな晩にぐっすり眠れる者は少ない。

テレーズはマットレスに手をつき身を起こそうとした。手首に激痛が走り、起き上がれない。じっと横になり、唇を噛み、悲鳴をこらえる。刃物で体の内側からずたずたに引き裂かれたかのような痛みだ。出血で頭がくらくらし、めまいがする。ああ、そうだった。もうすっかり忘れていたのに。

サルペトリエールに来たばかりの頃、月に二、三回、テレーズは夜に怯えることがあった。真夜中に飛び起き、大声で助けを呼ぶ。その声に驚き、恐怖が伝染したかのように周囲の患者もパニックになる。だが、朝になると何も覚えていない。こうした夜のひと時を除き、いちばん古株の患者テレーズは健康上、特に問題もなく日々を過ごしてきた。

理由はわからないが、もう長いこと、テレーズは夜の発作を起こしていなかった。気持ちも安定し、夜も静かに眠った。ふだんの生活ぶりを見る限り、すっかり落ち着いた様子だったので、昨日、ババンスキーは彼女を診察し、退院させても何の問題もないと判断した。だが、それを聞くなり、すでに高齢となっていたテレーズは混乱をきたしたのだ。退院し、パリの街、あの道、あの匂いのなかにまた戻ること、恋人を突き落としたセーヌ川を渡り、何をされるかわからない男たちの横を歩き、知り尽くしたあの歩道をさまよう自分を想像しただけで、自分が抑えられなくなるほど取り乱してしまった。そのとき、テーブルの上に置かれた医療用はさみが目に入った。その動きがあまりにも突然だったので、看護婦たちはただその場で悲鳴をあげることしかできなかった。

事件後初めて目を覚ましたのが、昨日の夕方だった。手首に包帯が巻かれていることに気がつき、テレーズは安堵した。

こうして退院の話はなくなった。

テレーズは肘を使い、少しだけ身を起こしてみた。毛布の下から腕を出し、包帯を眺める。白い布には血がにじみ、すでに乾いていた。切り裂かれた皮膚が引きつり、悲鳴をあげている。しばらく編み物はできそうにない。テレーズは腕をそっと毛布のなかに隠した。これ以上、人目を引きたくない。周囲では、食堂から戻った患者たちが、寝るのをしぶっていた。明日の拍手や、パートナーとのダンスを想像しては、出会いを夢見る。いや、出会いとは言わないまでも、ほんの一瞬見つめあうことができれば……。明日の晩、彼女たちの耳や目がとらえたものは、どんな些細なことであろうと記憶に刻みつけられ、大切な思い出として、何度も反芻されるのだ。

患者たちのなかからひとりの姿が浮かび上がる。背筋を伸ばし、緊張感のあるその姿は、周囲のはしゃいだ空気には同調せず、ベッドのあいだを歩いてくる。ウジェニーだ。テレーズの隣のベッドにたどりつく。テレーズには何の関心も示さず、さっさとブーツをぬぎ、毛布の下に身体をすべりこませた。だが、テレーズの目には、ウジェニーが指の間に紙切れを隠しもっており、それをそっと袖口にすべりこませるのが見えた。秘密をしまいこむと、ウジェニーは身体を伸ばし、テレーズに背を向けて動かなくなった。

いぶかしく思いながら、ウジェニーを見ていたテレーズは、とつぜん後ろから肩にふれられ、驚いて振り返った。

「テレーズ、目が覚めたのね」

ベッドの左側に看護婦が立ち、顔をのぞきこんでいる。豊かな黒髪だが、特徴のない顔立ちの若い新人看護婦だ。ここに来て一、二年になる。若い看護婦たちのなかには、女中や洗濯女になるかわりに、ただ理由もなくこの職に就いた者も多かった。彼女たちにとって、患者の世話をするのは、お茶を入れたり、洗濯物を叩き洗いしたりするのと同じことなのだ。言われたことをこなすだけで満足し、退屈しのぎにおしゃべりばかりしている。患者や看護婦、医者や研修生の噂話は尽きない。新しい話題、ちょっとしたエピソードや醜聞はすぐに知れ渡り、むし返され、誇張されたり、茶化されたりする。廊下の隅やベンチでささやきあう彼女らの姿は、建物の中庭に集まり噂話に興じる女たちと同じだ。あっという間に広がるから、内緒話などできやしない。

テレーズは無関心な顔で肩をすくめた。

「ああ、目が覚めたよ」

「何かほしいものある？　夕食も食べていないでしょう？」

「いや、いらないよ。食欲ないんだ」

若い看護婦は身を寄せてきた。新人看護婦にとって、テレーズは、唯一、文句を言わない、扱いやすい患者だった。看護婦たちはむしろ、彼女に話を聞いてもらいたがった。何しろこの病院に二十年もいて、どんなことでも知っているのは彼女のほうなのだから。

若い看護婦はウジェニーを指さし、声をひそめた。

「ねえ、あのお隣さん、幽霊と話ができるんですって？　さっき、食堂でジュヌヴィエーヴがあの子に何かを渡していたの。小さな紙切れよ。こっそり渡していたけど、私、見ちゃったの」

テレーズは、隣のベッドでこちらに背を向けて横たわるウジェニーに目をやった。別に驚きはしなかった。前にもジュヌヴィエーヴがウジェニーを見て、取り乱しているのを見たことがある。そもそも、あの古株ジュヌヴィエーヴがそんなふうに落ち着きをなくすのはめったにないことだった。このブルジョワのお嬢さんが来て以来、ジュヌヴィエーヴのなかで何かが壊れたのだ。だが、ジュヌヴィエーヴとウジェニーの関係にただならぬ深刻さを感じたからこそ、テレーズはあえてそこに踏み込もうとしなかった。

　テレーズは不機嫌そうに若い看護婦に問い返した。

「それがどうしたっていうの？」

「あの人たち何か隠しているのよ。きっとそうだわ。私、つきとめてやる」

「やめなさい。ほかにやることとあるんじゃないかい？　ここは酒場じゃなくて、病院なんだよ。ほら、あそこ、カプリーヌ帽子をとりあっている二人を何とかして」

　看護婦は身を起こし、眉をひそめた。

「あなたも何か知っているのね。それなら、私、先生に報告しちゃおうかしら」

「学校じゃあるまいし。もう行って。あなたと話していると疲れるわ。こんなんじゃ傷口がふさがらないじゃない」

　若い看護婦は踵を返し、立ち去った。テレーズはあらためてウジェニーを見た。

　横向きに寝て枕に頭をうずめ、ウジェニーは声を出さずに泣いていた。涙にぬれた髪を指でそっと払う。何も聞こえず、何も見えなかった。しばらくの間、ありとあらゆる思いが浮かんでは消えた。そして、本当のことだったのだろうか、まさか夢を見たのではないかという不安で苦しくなり、袖に隠していたジュヌヴィエーヴの伝言をそっと引っ張り出した。震える指で紙切れを広げる。そこにはジュヌヴィエーヴの筆跡でこうあった。

「明晩の舞踏会にテオフィルが来ます」

12　一八八五年三月十八日

夜になった。病院（オピタル）通りのガス灯に次々と明かりが灯り、歩道を照らし始めた。道は静まりかえっていたが、サルペトリエール病院のある四十七番地だけは別である。大通りから少しだけ奥まった門のあたりには、いつもと違う人だかりがあった。十数台の馬車がやってきては、車回し（ロン・ポワン）を巡り、停車する。馬車の扉が開き、乗客が石畳の広場に降り立つ。いかにも気取った男女たちだ。その服装を見ただけで、彼らが裕福な階層の者たちだとわかる。

アーチ状の開口部、病院の名前が刻まれた石板を支える円柱の横には、数人の看護婦が出迎えに立っている。すでにこの場所を知っている者は落ち着いた様子で正面の中庭を横切り、初めて訪れた者たちは不安と好奇心を胸に通路や建物を眺めている。

大広間では、すでに到着した招待客たちが今か今かと待っていた。壁の明かりが簡素な飾りつけの場内を照らしている。飾りつけといっても、広い窓の前に観葉植物や花を並べ、色とりどりの花飾りを天井からぶら下げた程度だ。

両開きの扉のそばには、菓子やキャンディ、プチフールの並ぶビュッフェがある。美味しそうなオードヴルを手にしたら、次は当然、酒やシャンパンがほしくなるところだが、ここにそんなものはない。宴会とはいえ、せいぜいアーモンド水かオレンジ水があるぐらいだ。

大ホールに入ると、ワルツの演奏が人々を迎える。正面の演台で、小楽団が元気よく演奏している。

音楽にあわせるかのように、ひそひそと緊張した声が聞こえてくる。こうした最後の待ち時間が人々の心を高揚させ、舌を滑らかにする。

「どんな人たちなんでしょうね」

「ちゃんと目を見て話をしてもいいものなのでしょうか」

「去年なんか、頭のおかしい老女が片端から男に声をかけていたんですよ」

「あの人たち凶暴じゃないの？」

「シャルコーは？　シャルコー先生はくるのかしら」

「ヒステリー発作の声というやつを実際に聞いてみたいもんですなあ」

「ダイヤモンドなんてしてくるんじゃなかったわ。盗まれたらどうしましょう」

「なかなかの美女もいるそうじゃないか」

「いや、私はまったくそそられないねえ」

床を五回叩く合図があり、おしゃべりが静まる。楽団の演奏も止まった。ホールの入り口には看護婦の一団が待機している。その姿を見て、招待客たちは、これがふつうの舞踏会ではないことを悟る。飾りつけも、オーケストラもビュッフェも、ここが狂女たちのための病院だということを忘れさせてはくれないのだ。

看護婦たちがいることで、人々は矛盾した思いを抱く。舞踏会の場で患者たちが取り乱したり、逸脱した行為に及ぶ可能性を考えると、看護婦がいることは心強い。これからやってくる何をしでかすかわからない女たちと向き合う際に、専門家が立ち合ってくれるほうが安心だ。だが、その一方で、看護婦たちがいるということでかえって不安になる面もある。発作が起こることもありうるし、ちょっとしたきっかけで患者が凶暴な行為に及ぶ危険もあると示されているようなものだからだ。ヒステリー発作を実際に見てみたいと思ってはいても、怖いものは怖い。

看護婦たちの横にいた主任医師が声をあげる。

「紳士淑女のみなさま、こんばんは。サルペトリエール病院へ、ようこそ。シャルコー医師をはじめ、医師、看護婦一同、四旬節中日の舞踏会に足をお運びいただいた皆さまに心より感謝申し上げます。さあ、皆さま、お待ちかねの人たちが参ります」

黙り込んだ客たちの前で楽団が再びワルツを奏で始める。今にも開かれようとする扉に向かって人々が身を乗り出す。患者たちが二列に並んでホールに入ってきた。人々はやせて、ゆがんだ、見るからに異常な姿を思い描いていたが、女性患者たちはみな落ち着き、「ふつう」に見えた。もっと悪趣味で、派手派手しい恰好をしているかと思っていたが、舞台女優のように堂々としている。それぞれが乳しぼり女や、侯爵夫人、農婦、ピエロ、銃士、コロンビーヌ（喜劇に登場する陽気な女中役）、騎士、手品師、トゥルバドール（中世の宮廷詩人）、船乗り、王妃などに扮している。病院じゅうの患者たちが一堂に会している。ヒステリー患者もてんかん患者も神経症患者もおり、年齢も様々だ。彼女たちは魅力にあふれていた。単に病気や、病院という場所の物珍しさだけではなく、そこにいるだけ、生きているだけで人々の目を惹きつけるのだった。

彼女たちが進むにつれ、人々は自然に道をあけた。確かに、欠点や瑕疵を探そうと思えば、胸の前で曲げられたままの腕や、頻繁なまばたきに目が行くかもしれない。だが、患者たちは驚くほど優美だった。安堵とともに、招待客たちの緊張も解ける。少しずつ、ささやき声が戻り、笑い声が起こる。もっと近くで「珍獣」を見ようと押し合いになる人たちもいた。彼らにとってこの舞踏会は、動物園の檻のなかに入り、生き物と直接ふれあう機会と同じなのだ。患者たちが、ダンスフロアや長椅子に散らばると、招待客たちもくつろぎ、くすくす笑ったり、高笑いしたり、患者たちの袖がふれただけで大声をあげたりしはじめた。事情を知らない人がこの光景を見たら、招待客を患者と取り違えてもおかしくない。

ホールから何部屋か離れたあたり、廊下の奥では、ルイーズが看護婦に付き添われ、会場に向かっていた。キャスターのついた移動寝台に乗せられ、会場に運ばれていく。

朝からずっと、ルイーズは衣装に着替えるのを拒んでいた。半身麻痺のまま、皆の前に姿を現すのが怖かった。シャルコーの公開講義で有名になったというのに、こんなみっともない状態、自分の脚で踊ることもできない姿をさらしたくない。患者仲間や看護婦たちは動けなくてもきれいだからと言って彼女を説得した。みんな彼女の姿を見たくて来るのだ。誰もが彼女を待っている。半身麻痺だろうと彼女の名声には関係ない。いやむしろ、不自由な身体で出てきた彼女の勇気を礼賛するだろう。それに、もしシャルコー医師が彼女を治療し、麻痺を完治させれば、彼女は医学の発展の生き証人となる。教科書に名前が残るかもしれない。

だが、自信を取り戻すのは簡単なことではなかった。ルイーズは、今夜は休むと決めていたテレーズを除き、ほかの患者が全員、共同寝室を出て行くまで待った。それから、ふたりの看護婦に助けを借りて、衣装を身に着けた。麻痺した腕のせいで、てこずったものの、何とか衣装を損ねることなく袖を通すことができた。花と房飾りがついた長いマンティーラが肩にかけられる。低い位置のシニヨンに結い上げられた黒髪には、赤いバラが二輪、添えられた。テレーズが微笑みを浮かべて、ルイーズの晴れ姿を眺める。

「ルイーズ、ほんとにスペインの踊り子みたいだわ」

タイル張りの廊下を進むと、ベッドのキャスターがきしむ。厚めの枕をいくつも重ねて背もたれにし、ルイーズは上半身を支えていた。ベッドの上に足を伸ばして座り、動かない手は胸元に置かれている。ホールに近づくにつれ、ルイーズの呼吸が早まってきた。もう後ろから話しかけてくる若い看護婦の言葉も聞こえない。

とつぜん薄暗い廊下に男性の人影が現れ、彼女たちの前に立ちはだかった。ルイーズは驚いてわれに返り、次の瞬間、人影がジュールだということに気づいて、息をのむ。ジュールは落ち着いた様子で歩み寄り、看護婦に声をかけた。

「ポーレット、病院のエントランスを手伝いに行ってくれ。招待客がどんどん来て、案内係が足りないんだ」

「でも、私、ルイーズの……」

「僕がやるから。さあ、行って」

看護婦はとまどいながらも寝台から手を離した。ジュールが看護婦の代わりにルイーズの寝台を押し始める。二人は無言のままだった。看護婦の姿が見えなくなるのを待ち、ジュールはルイーズに身を寄せた。だが、言葉を口にする前にルイーズに押し戻される。

「会いたくなかった」

「えっ、どうして」

「もう会いたくない。こんなひどい姿で」

ジュールが足を止めた。移動寝台がきしむ、きぃきぃという金属音も止まる。ジュールは寝台をまわりこみ、ルイーズの横に立った。ジュールはじっとルイーズを見つめたが、彼女はそっぽを向いて言った。

「見ないで」

「ルイーズ、僕の目に映る君は、美しいままだよ」

「嘘つき、こんな身体、みっともないだけよ」

ジュールの指が彼女のうなじを、そして頬を撫でる。

「ルイーズ、君は僕の妻になるんだ。約束は変わらないよ」

ルイーズは目を閉じ、頬の内側を噛んだ。この言葉を待っていたのだ。左手の指でマンティーラを握りしめ、泣くのをこらえた。そのとき、彼女を乗せた寝台が動き出した。目を開くと、寝台が半回転している。後ろにまわったジュールは、再び寝台を押し始めた。

「なにしているの？　会場はこっちじゃないわ」

「君に見せたいものがあるんだ」


舞踏会の会場ではテオフィルが仮装した患者をかき分けて進んでいた。彼は周囲の人々に圧倒されていた。何しろ、シルクハットとカペリーヌ（つばの広い帽子）、レースとフリル、羽や花飾りに取り囲まれてしまったのだ。つけ髭も本物も入りまじり、さらにはチェックやら水玉のドレス、毛皮と扇であふれかえっている。踊り、押し合いへしあい、身体がぶつかったり、するりと逃げていったりする。目に入るのは、浮かれた顔と患者たちを指(ゆび)さす手。患者たちが彼に微笑み、手を握ってくる。ざわめきがバイオリンとピアノの演奏にまじりあい、あちらこちらから笑い声が響き、拍手や足を踏み鳴らす音がする。とりとめのない珍妙な人の群れは、そこらの田舎の宴会と大差なかった。この手のお祭りに顔を出すブルジョワたちは、祝福というより、仮装した村人の姿を冷やかしにやってくるのだ。誰もが同じようにお祭りを楽しむわけではない。あちらでは、衣装を身に着けた若い女性がここ数週間で覚えたダンスを正確に踊って見せていた。こちらでは、水中に投げ入れられた小石のように、見世物にどっぷりつかって拍手をしている観客がいる。

テオフィルは妹を探してきょろきょろしていた。手も、こめかみも汗に濡れている。まさか自分が有名なサルペトリエール病院の舞踏会にくるなんて想像もしていなかった。しかも、父や医者に内緒で妹を連れ出そうとしているのだ。自分のやろうとしていることが、正しく勇敢なことなのか、それとも危険で愚かなことなのかさえ、わからなかった。

黒い服を着た看護婦たちが人ごみのなかをくるくるとまわりながら、患者たちに飲み薬を配っていく。おとなしく飲む者もあれば、周囲の目を気にし、今夜は病人扱いされたくないとばかりに薬の入ったグラスを押し戻そうとする者もいた。耄碌した老女たちだけは、騒ぎにまったく無関心な顔で、窓の下の長椅子に座りこんでいた。招待客は近くに寄って初めて、老女たちのこけた頬や血走った目に気づき、思わず後退る。にぎやかな舞踏会のなか、無表情で動かない姿は生きているのか死んでいるのかすらわからない。群集のなかを縫うように、伯爵夫人が招待客にあいさつをしてまわっている。扇を動かし、房飾りをひらひらさせながら、誰かれなく話しかけては、財宝を自慢し、アルデッシュに所有する城を語り、ダイヤモンドのネックレスが盗まれるのが心配だと打ち明ける。向こうでは、彫りの深い顔立ちのジプシー女がスカーフをかぶり、口紅を塗り、誰かれなく、手相を見ましょうともちかけている。そして、いきなり立ち止まって、相手の手をつかんだかと思うと、高笑いしながら未来を予言し、また歩き出す。マリー・アントワネットは腰につけた太鼓を不規則な調子で叩き続けている。やせて顔色の悪い子供たちがピエロの格好で、ビュッフェの菓子をわしづかみにして、あんなに幼い患者もいるのかと驚く招待客のあいだを走り抜けていく。足元まで届く長いケープに身を包み、大きすぎるとんがり帽子をかぶった魔女が真剣な顔で、周囲の人々には目もくれず、床に落ちたパンくずや埃を掃き集めている。

楽団のあたりまできたテオフィルは、周囲を見回し、動かなくなった。窓のあたり、少し離れたところにウジェニーがいる。彼女も心配そうな顔をして会場を歩き回っていた。髪を後ろになでつけ、一本に編んで後ろに垂らし、男装している。視線に気がついたのか、ウジェニーはやせこけた顔で振り向き、テオフィルの姿を見つけた。心臓がどきどきして、息が苦しくなる。兄が来てくれた。私のために来てくれたのだ。兄は正しい人だと思っていた。家族でただひとり彼女の入院に反対してくれたはずであり、今までがそうだったように、父に言われた以上、抵抗できずに従ったのだろう。だからこそ、今日、こうして来てくれたことは驚きだったのだ。これまで一度も反抗したことのなかった兄が、父の命令に逆らい、しかも、こんなに早く動き出してくれるなんて意外だったのだ。

テオフィルはウジェニーに気づいたが、気づかぬふりを続けるべきか迷っていた。ようやく一歩踏み出したとき、誰かに腕をつかまれた。驚いて振り向くと、すぐ右にジュヌヴィエーヴの姿があった。ジュヌヴィエーヴが身を寄せてささやく。

「まだよ。私から目を離さないで、その時が来たら合図するから」

ウジェニーは兄を安心させるかのように小さくうなずき、人ごみのなかに消えた。彼女の顔には二週間ぶりの笑顔があった。

病院の敷地は広く、会場以外の場所は、その日、静まりかえっていた。寝室も廊下も、上の階も、いつものようなささやき声や足音もなく、しんとしている。タイルの床を進む、車輪のきしむ音だけが聞こえていた。移動寝台に乗って病院の迷宮を進みながら、ルイーズはふだん目にすることのない光景を見つめていた。外からわずかに差し込む街灯の光が廊下を照らしている。壁やアーチ型の天井に映りこんだ不気味な影を眺めるうちに、寝台は廊下を進んでいく。ルイーズは枕のくぼみに深々と身を沈め、目を閉じた。いつもなら聞こえるはずの音を想像してみる。共同寝室の女性たちの声、食堂から聞こえる皿やスプーンの音。夜になると聞こえてくるいびき。ぶつぶついう声や泣き声だって、今夜のこの不穏な静けさに比べればずっとましだ。どんな雑音だって、それが生きている証なのだから。

寝台が止まった。目を開くとすぐ前に扉があった。寝台をまわりこみ、ジュールが鍵をあけようとしている。扉が開くと、部屋のなかは真っ暗だった。ルイーズはわけがわからぬままジュールを見る。

「何でこんなところに連れてきたの？」

「いつもこの部屋で会っていたじゃないか」

「うん、でも、どうして」

ジュールは答えず、そのまま寝台を部屋に押し入れる。ルイーズは首を振った。

「いや、入りたくない。真っ暗なのは、いや」

室内は壁と家具の区別もつかないほど暗かった。ルイーズの背後で扉を閉める音がした。

「ジュール！　ここから出して！　舞踏会に行くの。みんな待っているから」

「しっ、黙れ」

ジュールはルイーズのすぐそばにいた。しばらく髪を撫でていたかと思うと、うなじに唇を押しつけてきた。ルイーズは左手で彼をはねのけた。

「ジュール、お酒臭いじゃない。酔ってるのね」

ジュールは再び身をかがめ今度は唇にキスをしようとした。ルイーズは右に左に顔をそむけて抵抗したが、ねっとりと酒臭いジュールの唇が彼女の唇をふさいだ。せめて左手で押し戻そうと必死につっぱねたが、ついにジュールが寝台にあがってきた。ルイーズの頬を涙がつたう。

「いつもは飲まないのに。お酒は飲まないって言ったのに」

「今夜は特別さ」

「今夜、プロポーズするって約束したじゃない」

「ああ、あとでね。でも、おまえはもう俺の妻のようなものだろ」

熱い息。前にも嗅いだことがある匂い。ルイーズは吐きそうになった。酔っぱらいがそばに寄ってくるだけで、消すことのできない許しがたい記憶がよみがえる。涙がとまらぬうちに、片手で顔をつかまれたかと思うと、ジュールの唇が再び口に押し当てられた。叫び声をあげた。それでも、男の身体は重たくのしかかってくる。真っ暗な部屋のなか、ルイーズは自分がいったい何をされているのか、わかっていた。記憶は過去のもの、どんどん遠ざかっていくものだと思っていたのに。時が経つにつれて、あの記憶はもう一人のルイーズ、すでに他人のような昔のルイーズ、もう存在しない別のルイーズのものだとさえ思えるようになっていたのに。

三年前と同様、暴力的に貫かれた瞬間、ルイーズは無言の叫びをあげた。そして、彼女のなかですべてが途絶えた。麻痺していた右側だけではなく、全身から力が抜けた。がっくりと後ろに反らした頭の先から、足の先まで石のように固まり、そのまま動けなくなったのだ。凍りついた身体のまま、ルイーズは目を閉じ、室内の暗さに勝るとも劣らない暗闇の底に沈んでいった。

演台の上では、ひとりの患者がピアノの前に座っていた。乳しぼり女の仮装をしたその患者は、入場してからずっとピアノを凝視していた。へたくそなピアニストに代わり、自分が演奏したくてたまらないのだ。台に上がり、近寄ってくる女を見て、ピアニストは、悪魔が迫ってきたかのように青ざめ、不平も言わずにあっさりと彼女に席を譲った。その様子を見た客たちから笑い声が起こる。舞台の足元で看護婦が監視するなか、乳しぼり女は勝手に鍵盤を叩き始めた。その音に調子を乱されながらも、ほかの楽団員たちは演奏を続ける。

ウジェニーとテオフィルは互いに離れたまま、その場を動かずにいた。舞台脇に立ったテオフィルは、妹と、扉の近くに立つジュヌヴィエーヴとを見失うまいとしていた。ウジェニーも窓のそばからジュヌヴィエーヴを見つめる。ウジェニーは緊張していた。不安のあまり昨日の夜から胃が苦しく、今日は何ものどを通らない状態だった。これ以上、ジュヌヴィエーヴを頼るつもりはなかった。二十年以上、一度も規則を破ることなく病院のために尽くしてきた彼女が、たった二週間で態度を変え、協力してくれるとは思えない。あの日、ウジェニーはあきらめかけていた。すっかり無気力になり、そのまま現実から遠ざかっていこうとしていた。何の根拠もないまま、いつまでも希望を持ち続けることはできない。だが、そんなとき、ジュヌヴィエーヴが食堂で紙片を滑り込ませてきた。夕食後のざわめきのなか、皆が食器の片付けや洗い物に忙しく、最後の一口をほお張ったり、箒を使ったりしている隙をついて、ジュヌヴィエーヴはウジェニーに歩み寄り、手を差し出した。ほんの一瞬の目立たない、無駄のない動きだった。ジュヌヴィエーヴは何も言わなかった。それでも、ウジェニーは今までとは違う彼女のまなざしに深い親愛の情を感じたのだ。小さく四つ折りにされた紙片が、ウジェニーの希望をよみがえらせ、舞踏会の日を待つ力を与えてくれた。まずは仮装の用意が必要だったが、残っていたのはぱっとしない衣装ばかりだ。ウジェニーは、仕方なく、男ものの背広を手にした。幸い、地味な格好のほうが人目にとまらずにすむ。赤いドレスの侯爵夫人よりは目立たずにいられるだろう。

群集のなかから叫び声があがった。まわりの人々が身を引き、声の主だけが輪の中心に取り残される。「あらまあ！」と呆気にとられるつぶやきが会場に広がる。楽団も演奏の手をとめ、乳しぼり女だけが不協和音を弾き続けていた。声をあげた患者はあおむけに寝転がり、足を床に擦りつけている。身体のどこかはわからないが、筋肉の硬直による痛みで転げまわっているのだ。看護婦が駆けつける。思わず見入っていた人々からささやきが漏れる。皆が見守るなか、研修医の手を借り、患者は会場の隅にある長椅子に寝かされた。

そのとき、まず、ウジェニーが、ジュヌヴィエーヴの合図に気づいた。ジュヌヴィエーヴは会場の反対側、出入り口付近にひとりで立っていたが、ウジェニーに向かって、わずかにうなずき、会場をあとにした。テオフィルは思いがけない混乱に気をとられ、ジュヌヴィエーヴとウジェニーのやりとりに気づかなかった。腕を引っ張られて初めてわれに返る。

「出るわよ」

ウジェニーが左腕をつかんでいた。ふたりは、今夜最初の発作を目撃して沸き立つ群集のあいだを抜けて歩き始める。

窓の下に寝かされた患者は声を枯らしてなお叫び続けている。研修医は何の躊躇もなく、人差し指と中指で卵巣のあたりを無造作に押し始めた。徐々に発作は鎮まり、四肢の緊張も解けた。患者も落ち着きを取り戻す。

人々は声を上げ、頬を赤らめ、拍手し、くつろいだ表情を取り戻した。楽団はいきおいよくワルツの演奏を再開する。ウジェニーとテオフィルは一度も振り返らぬままホールを出た。

三つの人影が、正面中庭を壁沿いに駆け抜けていく。遠くから並木道を照らす街灯も、花壇沿いの通路までは光が届かない。背中にウジェニーとテオフィルの息遣いを感じながら、ジュヌヴィエーヴがふたりを先導する。立ち止まり、考え始めたら、なぜこんな馬鹿げたことをしているのか自分でも説明できなくなってしまいそうだった。三日前、心を決めてからは、もう考えないようにしている。ジュヌヴィエーヴはただ妹のことだけを考えていた。クレリ家を訪問するときも、舞踏会を眺めながらチャンスを待っていたときも、今、こうして逃げている最中も、彼女の心にはブランディーヌがいた。ブランディーヌへの思いが彼女を落ち着かせ、勇気づけていた。果たして本当にブランディーヌが彼女の決意に寄り添い、今、こうして暗く寒い通路を走る姉の姿を見守っているのかどうかは、わからない。これ以上はないほど、馬鹿げたことをしているのかもしれない。それでも、ジュヌヴィエーヴはブランディーヌがそこにいると信じた。励まし、見守ってくれているはず。そう信じることで、力を得ていたのだ。

三人は外壁にたどりついた。目の前に小さな木戸がある。ジュヌヴィエーヴが息を切らしながら、ポケットから鍵の束を取り出す。

「とにかく急いで、でも目立たないようにね。人目があるから」

腕にウジェニーの手がふれるのを感じ、ジュヌヴィエーヴは顔をあげた。

「マダム・ジュヌヴィエーヴ、ありがとうございます。お礼に何か……」

ジュヌヴィエーヴはこのとき初めてウジェニーの顔が自分と同じ高さにあることに気づいた。そして、まるで、目からうろこが落ちたかのように、ウジェニーの虹彩に宿る暗い翳にも、意志の強そうな濃い眉にも、このとき初めて気がついたのだった。ウジェニーは、本来の姿を取り戻していた。いや、彼女はずっと彼女のままだったが、病院が彼女を変えてしまっていたのだ。ジュヌヴィエーヴは、もっと早くその本来の姿を見出してあげるべきだったと自分のふるまいを悔いた。

言いたいことをこらえ、ジュヌヴィエーヴはウジェニーの問いに短い言葉で答えた。

「それよりも、苦しんでいるひとたちを救ってあげて」

遠くで叫び声があがり、三人は身を縮めた。振り返ると、そこには荘厳な礼拝堂がそびえたっていた。並木道の向こうにいくつかの人影が現れ、こっちに駆けてくる。ジュヌヴィエーヴがウジェニーに紙片を渡す瞬間を盗み見ていたあの看護婦もいた。

「あそこ、あそこです。ほら、言ったとおりでしょ！」

その横に三つの白いシルエット、研修医たちが現れたかと思うと、速度を上げて走り寄ってくる。ジュヌヴィエーヴは大急ぎで鍵束から裏木戸の鍵をさがす。

「いそいで」

ジュヌヴィエーヴの指が鍵を探り当て、鍵穴に差し込む。扉が開いた。扉の向こうは街路だった。馬車が行き交い、街灯がともり、建物が並んでいる。

「さあ、行って！」

ウジェニーは駆け寄ってくる研修医たちをちらりと見やり、心配そうにジュヌヴィエーヴを見た。

「でも、あなたは？」

「さあ、行って、ウジェニー」

だが、ジュヌヴィエーヴの身体がこわばり、きつく歯を食いしばっていることをウジェニーは見逃さなかった。ウジェニーはジュヌヴィエーヴの手をつかんだ。

「一緒に来て」

「さっさと行きなさいよ」

「マダム、ここに残ったらあなたの身があぶない」

「どうにかなるわ」

テオフィルがとつぜん彼女の腕をつかまなかったら、ウジェニーはそこにとどまっていたかもしれない。

「来るんだ！」

テオフィルは身をかがめて、木戸をすり抜けると妹を力ずくで外に引っ張り出した。外に出たウジェニーはいま一度ジュヌヴィエーヴのほうを振り返った。だが、ジュヌヴィエーヴはすでに木戸に鍵をかけており、最後に一目、お別れをというウジェニーの思いはかなわなかった。

ジュヌヴィエーヴが鍵束をポケットに収めるのとほぼ同時に、両側から男たちが彼女の腕を捉えた。若い看護婦の声が響く。

「患者の脱走を手伝うなんて、看護婦のくせに頭がおかしくなったんじゃないの?」

ジュヌヴィエーヴは腕をつかまれたまま、いっさい抵抗しようとはしなかった。四肢から力が抜ける。ほっとしたのだ。

「連れていけ」

病院に連れていかれる間も彼女は決してうつむかなかった。もう空に雲はなかった。礼拝堂のドームのうえ、濃紺の空には星が輝いていた。ジュヌヴィエーヴは穏やかに微笑んでいた。さきほどから彼女を監視していた若い看護婦が眉をひそめ、厳しい顔で問いただす。

「何で、笑っているのよ」

もはや患者扱いされるようになったジュヌヴィエーヴは応える。

「人間って面白いわね」

エピローグ　一八九〇年三月一日

庭園に雪が降っている。芝生に、屋根に、白くやわらかに雪が降り積もっていく。落葉した枝は、積もる雪を固い樹皮で受け止めている。病院の並木道には誰もいない。

共同寝室では、患者たちはストーブの前に集まっている。静かな午後だ。眠っている者、暖房のそばでトランプをする者。ベッドのあいだを歩き回りながら、ひとりごとを言ったり、看護婦に話しかけては邪険にされている者もいる。隅に集まっている一団がある。その真ん中であぐらをかき、ルイーズがショールを編んでいた。足元には十個ほどの毛糸玉が転がっている。そのまわりで押し合いへし合いをしている少女たちは、次こそ自分のショールを編んでもらおうと待っているのだ。

「みんなの分あるから、けんかするんじゃないわよ」

ほどいた黒髪が滝のようにたっぷりと背中に垂れている。黒くゆったりとした服。テレーズがいつも巻いていたスカーフが、今は彼女の胸元にある。指は迷いなく編み針を動かし続けている。編針を手にした瞬間から、ルイーズはあたりまえのように編み物を始めた。まるで、テレーズの作業をじっと見ていた記憶が彼女の指に宿っているかのようだった。編んでいる間は何も考えない。指の間でねじれ、結ばれ、絡み合う糸だけに神経を集中させる。

すでに五年が経っていた。ルイーズは舞踏会の翌朝に発見された。舞踏会の会場で患者が発作を起こしたのは、すでに夜遅い時刻だった。ルイーズが行方知れずになり、ジュヌヴィエーヴが患者を脱走させるという事件まで起きたので、舞踏会は早めに閉会となり、看護婦は患者を共同寝室に戻したり、招待客を出口に誘導したりでせわしなかった。

明け方、たまたま空き室の扉を開けた看護婦が、ルイーズを見つけた。彼女は前夜と同じ姿勢で移動寝台のうえにいた。頭を後ろに反らし、目を見開き、まばたきもせず、むき出しの脚は開いたままだ。重度のカタレプシー状態は一日中続き、どうやっても解くことができなかった。だが、夜になって、中庭を通りかかった医者が、並木道をふらふらと歩くルイーズの姿を見つけた。心のなかでなにかが壊れてしまったようだが、左右の手足は機能を回復していた。ベッドに連れていかれたルイーズは、そこから出てこなくなってしまった。ルイーズは寝たきりとなり、その後二年間、看護婦が食事や排泄物の世話をし、身体を洗った。言葉を発することもなくなった。まるで何もなかったかのようにルイーズの手をさすり、話しかけ続けていたテレーズでさえ、最期まで彼女の声を聞くことはなかった。テレーズはある日、眠ったまま静かに旅立った。その朝、動かぬ彼女を皆が取り囲んでいると、とつぜん、ルイーズが立ち上がり、埋葬の日取りを尋ね、死を悼む言葉を口にしながら、テレーズの遺骸に歩み寄ってきた。彼女のしゃべり、動く姿に皆が驚いた。二年間、一度もベッドから出ようとせず、一言も言葉を発しなかった彼女が、魔法のように言葉を取り戻し、動けるようになったのだ。テレーズが死んだ翌日から、ルイーズは編み物の道具を手に取り、続きを編み始めた。それから三年、今や患者たちがルイーズにショールを編んでくれとせがむようになっていた。ルイーズは熱心に編み物を続け、できあがったものを心を込めてプレゼントする。その顔に、もうかつてのようなあどけなさはない。それでも時折、なにか不満なことがあると、そのまなざしに不穏な表情が浮かんでは消える。昔のように小言を言われることはなくなった。今は、むしろ、周囲から恐れられる存在となっているのだ。

ほかの女性たちから離れたところで、ジュヌヴィエーヴは自分のベッドに座り、手紙を書いていた。肩にかけた大きな青いショールにブロンドの髪が波打っている。この青いショールは今年の冬、ルイーズが新しく編んでくれたものだ。便箋に向かうジュヌヴィエーヴは、ほかの患者が周囲を歩き回り、内容をのぞき込もうとしても無関心だ。看護婦の白衣ではなく、ほかの患者と同様、簡素な部屋着を身に着けたジュヌヴィエーヴの姿は、患者たちにとっても、もはや見慣れたものだった。最初の数週間は、共同寝室にいる彼女を皆がいぶかしがり、じろじろと眺めた。だが、ジュヌヴィエーヴはこれまでの彼女とはちがっていた。穏やかで、やわらかな顔をしている。今や、自分も患者となって、患者たちに取り囲まれ、彼女はようやく自分が「ふつう」になったような気がしていた。

便箋に向かって前のめりになり、ベッドのうえのインク壺にペンを浸すと彼女は書き始めた。

パリ、一八九〇年三月一日
やさしい妹へ

外は真っ白です。外に出て雪にふれることはできません。室内も冷え切っています。夕食の時刻になり、熱いポタージュが出ると本当にうれしくなります。

ゆうべ、あなたの夢を見ました。あなたの姿がはっきりと見えました。やわらかな肌、赤い髪、青ざめた唇。まるで目の前にいるみたいでした。あなたは何も言わずに私を見つめていました。でも、私にはあなたの声が聞こえたの。もっとしょっちゅう会いに来てくれればいいのに。あなたに会えるとうれしいわ。あのとき、あなたは本当に私のそばにいてくれたのね。

数日前、ウジェニーからまた手紙が来ました。相変わらず雑誌「ルヴュ・スピリット」で活躍しているようです。私に一冊進呈したいと書いてあったけれど、差し入れても没収されてしまうことぐらい、彼女もわかっていることでしょう。ウジェニーの能力は、パリの関係者のあいだに知れ渡っています。でも、ウジェニーは用心してるようです。まわりは、彼女を異端扱いする人たちばかりですから。本当のことを知れば、そんな偏見も消えるでしょうに。

彼女や私を異常とみなす人たちは、自分の信条にとらわれすぎているのです。確固たる信仰は、かえって偏見を生むものです。前にも話したかしら、私はね、疑うことができるようになって初めて心の平穏を得たの。ええ、確固たる信仰なんてもってはいけないのよ。物事も、自分自身についても何でも疑ってみることが必要です。疑問を大事にしなくてはなりません。「こちら側」に来てから、かつては恐ろしいと思っていたこの共同寝室で眠るようになってから、ものごとがはっきりと見えるようになりました。ほかの患者たちに親近感を抱くわけではありませんが、それでも、彼女たちのありのままの姿が見えるようになりました。

教会には通い続けています。もちろん、ミサには行きません。教会にはひとりで行きます。回廊に誰もいないときには、祈りません。まだ、神様に会えるとは思っていないからです。いつかそんな日がくるかもしれません。でも、私はあなたに会うことができた。それだけで私には充分。

もうすぐ退院できるのか、いつか退院できる日が来るのか、皆目わかりません。でも、壁の外に出ることが本当の自由でしょうか。私は人生の大半を壁の外で過ごしましたが、自分が自由だと感じたことはありませんでした。隣の芝生は青いものです。退院できる日を待ち続けるのはむなしく、耐えられないのです。

誰かがまわりを歩き、文面をのぞきこもうとするので、ここらでやめましょう。

ブランディーヌ、いつもあなたを思っています。また近々会いに来てくださいね。私の居場所はわかっているはずです。

心よりキスを。　　　ジュヌヴィエーヴより

ジュヌヴィエーヴは顔をあげ、ベッドを取り囲んで文面を盗み読みしようとしていた連中の顔を

見た。

「書き終わったわ。もう読めないわよ」

「ざんねん！」

まわりにいた患者たちが散っていく。ジュヌヴィエーヴはベッドを降り、身をかがめた。金属製のベッドの脚のあいだ、床の上に鍵つきの四角いトランクが置かれている。ジュヌヴィエーヴは持ち手をつかんでトランクを引き寄せた。なかには百通ほどの手紙が並んでいる。ジュヌヴィエーヴはペンとインク壺を横に置くと、書き終えた便箋を折りたたみ、手紙の束の端に差し入れる。そして、鍵を閉め、鞄をベッドの下に戻すと、立ち上がった。看護婦たちが監視するなか、胸元のショールを両手で掻き合わせ、窓に歩み寄る。外では、石畳の上に積もる白い雪が徐々に厚みを増しつつあった。窓の前にたたずみ、ジュヌヴィエーヴは冬のリュクサンブール公園を思い出す。真っ白になった並木道は文句のつけようなく美しかったっけ。凍りつくような静けさ。厚い雪のなかに足跡が残る。

いつまでも見ていたいと思うほど見事な光景だった。

誰かがジュヌヴィエーヴの肩を指で叩く。右を見ると、ルイーズが顔をのぞきこんでいた。ジュヌヴィエーヴは驚いた顔を見せる。

「編み物はもういいの？」

「取り囲まれて、騒がれて、もううんざり。ちょっと待たせておくわ」

ルイーズは胸の前で腕を組み、真っ白な庭を眺める。そして、肩をすくめてしゃべりだす。

「前は、とてもきれいだなと思ったのに、今は何も感じないわ」

「今でも、きれいだなって思うものあるの？」

ルイーズはうつむき、しばらく考え込んだ。ブーツのつま先で床の傷をなぞる。

「わかんない。でも、母さんのことを考えると、母さんのこと思い出すと、きれいだったなって思う。それだけ」

「それだけで充分じゃない」

「そうね、充分ね」

ルイーズはジュヌヴィエーヴを見つめる。ジュヌヴィエーヴは、しわの目立ち始めた手でショールを押さえ、窓の前で動かない。

「マダム・ジュヌヴィエーヴ、外の生活が恋しくない？」

「そうねえ。私は一度も外で暮らしたことがないような気がするわ。ずっとここにいたもの」

ルイーズがうなずく。並んで立つふたりの前で、庭は真っ白に染まっていくのだった。

訳者あとがき

パリ十三区、オステルリッツ駅のすぐ隣に「ピティエ・サルペトリエール病院」がある。広大な敷地内には、ガラス張りの新病棟と古めかしい城館のような建物が並び、教会や庭園もある。今となっては信じられないが、ここにはかつて「地獄」が存在していた。ジョルジュ・ディディ＝ユベルマンは、『ヒステリーの発明』（谷川多佳子、和田ゆりえ訳、みすず書房）のまえがきに「サルペトリエール施療院は、十九世紀末の数十年間、それ以前も長らくそうだったように、いわば女の地獄、苦痛の都だった。四〇〇〇人もの不治の狂乱した女たちが、そこに監禁されていた」と記している。そんな病院を舞台に、ヴィクトリア・マスはデビュー作『狂女たちの舞踏会』（*Le Bal Des Folles, Albin Michel, 2019*）を書き上げた。本書はその全訳である。

物語は一八八五年パリから始まる。サルペトリエール病院では、古参の入院患者のテレーズ、まだ少女の面影を残すルイーズたちが、医学の進歩に貢献することだけが生きがいの看護婦、ジュヌヴィエーヴに見守られながら暮らしていた。そこへ、新たな入院患者ウジェニーが連れてこられ、波乱を巻き起こす。十九歳のウジェニーは「霊が見える」と主張したために、家族に見捨てられ、入院させられてしまう。だが、彼女はあきらめない。何とか外に出ようと抵抗する。年に一度、病院で開催される「狂女たちの舞踏会」を前に、閉ざされた病院の中で彼女たちの運命が交錯し、思わぬ結末を迎えるまでの日々をヴィクトリア・マスは丹念に描き出してみせた。

本作は、マリ・フランス誌では「力強く、話題性があり、感動的なデビュー作」、パージュ誌では「登場人物たちが印象的な今年の必読書」などの評価を受け、リール誌の「二〇一九年ベスト一〇〇冊」、ポワン誌の「二〇一九年ベスト三〇冊」ほか数々の賞に輝いている。加えて注目すべきは、高校生が選ぶルノードー賞二〇一九を受賞していることだろう。高校生の読者たちは同じ年頃のウジェニーやルイーズに自分を重ねたのではないだろうか。男性的、権威的な医学への反抗心や、弱者へのまなざし、亡き人への思い、そしてまた、「ふつう」とは何か、「ふつうではない」者は排除されて当然なのかという問いかけは、今を生きる私たちの胸に響く。

本作品はフィクションではあるが、実在人物も多く登場する。まずは、ジャン・マルタン・シャルコー（一八二五‐一八九三）について説明しておこう。シャルコーはパーキンソン病の研究で知られ、解剖、写真撮影などにより多くのデータを収集、公開するその手腕は神経学の発展に大いに貢献した。だが、彼の唱える「大睡眠」は、ナンシー派に否定され、学会はサルペトリエール派とナンシー派に二分された。彼が、講義を公開していたのは、そうした対立の中、自身の権威を明示し、ブルジョワ層を味方につけるためだったとも言える。弟子のジョゼフ・ババンスキーはシャルコーの死後、シャルコー批判にまわり、ナンシー学派が研究の主流となったのちに、フロイトらの精神分析学の時代がくるのである。なお、本書では、史実をベースにしているために、今日、差別的とされている表現を用いた場面があるが、これはあくまでも当時の状況を再現するためである。著者が彼女たちの惨状を描いたのは、偏見を助長するためではないことだけは強調しておきたい。

四旬節中日の舞踏会は十九世紀末、実際に行われており、当時の患者たちの中に、のちにロートレックの作品で有名になる踊り子ジャンヌ・アヴリル（一八六八－一九四三）がいたのも事実である。シャルコーの公開講義に「協力」した女性患者の名として、オーギュスティーヌ、ブランシュ・ウィトマンの名も記録されている。四旬節とは本来、十字架にかけられたキリストの受難を思い、節制する期間であるが、十九世紀フランスでは、長い節制期間を耐えるための、いわば「息抜き」として、中日に宴会が開かれるようになった。

十九世紀のフランスは、王政復古、七月革命、二月革命、パリ・コミューンと政体が次々と変化した。不安定な社会を生きる人々、とりわけブルジョワ層のあいだでは、催眠術や交霊術が流行した。科学と信仰のあいだに何らかの救いを見出そうとしたのだろう。アラン・カルデック（一八〇四－一八六九）が『霊の書』を刊行したのは、そんな時代だったのである。だが、キリストの教えを補完するために心霊主義が必要だというカルデックの主張は、保守的なキリスト教信者を激怒させた。ちなみに、『霊の書』は日本語版（桑原啓善訳、星雲社ほか）を含め、多数の言語に翻訳されており、今も読まれている。特にそうした分野に詳しい者ではなくても、恐山のイタコや、「こっくりさん」などを想像していただければいい。亡き人の言葉を聞きたいという思いや、心霊現象への興味は誰にも少なからずあるものだ。

著者の綿密な取材に敬意を示す意味もあり、時代背景にふれたが、もちろん、こうした史実を知らなくても本書を楽しむことはできる。テレーズ、ジュヌヴィエーヴ、ルイーズ、ウジェニーという、性格も育った環境も異なる四人はそれぞれに魅力的だ。また、医者と患者の関係や、科学と宗教のあり方など、彼女たちの抱える問題は、私たちの悩みと遠いものではない。いや、「彼女たち」だけではない。男性もまた悩んでいる。ウジェニーの兄テオフィルは、妹の強制入院を機に、自分の生き方を見つめなおし、行動を起こすのだ。本書は、自分探し、居場所探しの物語であり、抵抗の物語でもある。一見、対立した立場にあるように見えても、ときに連帯は生まれる。性別や年齢に関係なく、きっかけさえあれば、人は変わることができる。そう思えることは希望だ。

著者のヴィクトリア・マスは一九八七年ヴェルサイユ近郊、シェスネーに生まれた。母は有名歌手ジャンヌ・マス。フランスでは、「ジャンヌ・マスの娘」と紹介されることが多いが、親の七光りなどではなく、作家として評価されるだけの実力の持ち主であり、次回作が期待されている。アメリカに八年間留学し、フランス料理のアメリカにおける受容と変遷を研究した後、映像関係の仕事に従事してきた。小説はこれがデビュー作である。こうした経験を活かし、本作品には共同寝室での群像描写や、ランプに照らされる影の描写など、映像的な表現が多く見られる。淡々とした筆致や同じような場面の繰り返しも、病院生活の単調さを強調し、効果をあげているのではないだろうか。

一読して情景が目に浮かぶ作品だけに、映画化の話も早々に決まったようだ。女優であり、映画監督でもあるメラニー・ロランが映画権を獲得。この作品でも、監督と女優を兼ね、ジュヌヴィエーヴ役を演じることになっている。ウジェニー役は、映画『夜明けの祈り』で医師を熱演したルー・ドゥ・ラージュ。公開時期は未定だが、ウジェニーやジュヌヴィエーヴに映画館で再会する日が今から楽しみである。その頃には気兼ねなく外出できるようになっていればいいのだが。

最後に、早川書房編集部の茅野ららさんをはじめ、本書の翻訳、刊行にご協力いただいたみなさまに、この場を借りてお礼申し上げたい。

二〇二一年三月

本書では作品の性質、時代背景を考慮し、現在では使われていない表現を使用している箇所があります。ご了承ください。

訳者略歴　早稲田大学第一文学部フランス文学専修卒，訳書『凧』ロマン・ガリ，『椿姫』デュマ・フィス，『クレーヴの奥方』ラファイエット夫人，『戦争プロパガンダ10の法則』アンヌ・モレリ，『海に住む少女』『ひとさらい』シュペルヴィエル，『孤独な散歩者の夢想』ルソー他多数

狂女(きょうじょ)たちの舞踏会(ぶとうかい)

2021年4月20日　初版印刷
2021年4月25日　初版発行

著者　ヴィクトリア・マス
訳者　永田千奈(ながたちな)
発行者　早川　浩
発行所　株式会社早川書房
東京都千代田区神田多町2－2
電話　03－3252－3111
振替　00160－3－47799
https://www.hayakawa-online.co.jp

印刷所　株式会社亨有堂印刷所
製本所　大口製本印刷株式会社

Printed and bound in Japan

ISBN978-4-15-210015-3　C0097

乱丁・落丁本は小社制作部宛お送り下さい。
送料小社負担にてお取りかえいたします。

ビール・ストリートの恋人たち

If Beale Street Could Talk

ジェイムズ・ボールドウィン
川副智子訳
46判上製

〈映画化原作〉あたしはティッシュ、十九歳。彼はファニー、二十二歳。あたしは彼のもので、彼はあたしのもの——。一九七〇年代初めのニューヨーク、ハーレム。黒人の青年ファニーは冤罪で収監されてしまう。彼との子を妊娠中のティッシュは、無実を証明するため奔走する。残酷な人種差別と、若い恋人たちを取り巻く家族愛や隣人愛のきらめきを描いた傑作文芸長篇。解説／本合陽